聲優廣播的幕前幕後

#05 夕陽與夜澄無法長大？

二月 公
插畫／さばみぞれ

Kadokawa Fantastic Novels

On Air List

夕陽與夜澄的高中生廣播!

YUHI to YASUMI no KOUKOUSEI RADIO!

聲優廣播的幕前幕後

NOW ON AIR!! 第52回

「夕陽與！」

「夜澄的！」

「「高中生廣播！」」

「大家好～我是小夕～」

「大家早好，我是小夜！」

「今天的『小夕與小夜的高中生廣播！』要告訴各位一件消息～」

「嗯嗯！接下來要說的可是大新聞呢！大家都準備好了嗎～？」

「想不到～我們又決定要共同演出了～！是一部名叫『皇冠☆之星』的作品！兩個人都是飾演當偶像的女孩子！而且還是在同一組合當中活躍喔～」

「電視動畫會於夏天播放！遊戲ＡＰＰ也好像會在同一時期上線！而且啊！已經決定要舉辦演唱會了！」

「無論動畫還是遊戲，我們都會在裡面盡情歌唱～因為是非常投入心力的作品，如果各位能追一下的話會讓我們很開心的～」

「就是啊！希望各位聽眾務必能追一下！畢竟我們出現的鏡頭滿多嘛（笑）」

「就是啊～希望各位能看一下（笑）今後因為『皇冠』，我們在一起的時間也會變久，這樣感情會變得更好了呢～（笑）」

「明明現在就已經非常要好了，竟然還要繼續變好啊～！而且啊，這次還不只這樣喔！春季要播放的電視動畫『魔女見習生瑪修娜小姐』，我們也會飾演摯友的角色共同演出喔！」

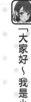

夕陽與夜澄的高中生廣播！

「真的嚇了一跳呢～！我還想說『連這部也要共同演出！』！而且還扮演摯友，小夜感覺已經是命中注定的對象了呢（笑）」

「真是命中注定呢！（笑）」

「私底下還是工作都能陪伴彼此這麼久的人，應該很少見吧。」

「就是說啊！我超開心的～！」

「對呀～！啊，關於這部『魔女見習生瑪修娜小姐』啊，其實也很快就要播放了～」

「啊，也講講那件事吧！呃，然後呢……」

to be continued……

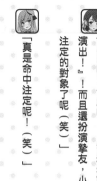

「那個，真的讓妳擔心了……今天要答謝妳，那個，隨妳喜歡盡量吃吧？真、真的不用客氣！」

「咦——？可是我又沒特別做什麼～到頭來是秋空小姐解決掉所有的問題的呀～如果妳要向我答謝，反而會讓我很困擾的～」

「沒、沒有那種事啦。別這麼壞心嘛，小夜澄～」

乙女在桌子的對面發出示弱的聲音。

她露出困擾的表情，合起雙手。

然而，那並非是像從前那樣遭到不安支配的表情，氣色也很好。

她的笑容也重拾開朗且可愛的樣貌。

這裡是位於都內，看起來就很高級的壽司店。

我們位在其中的一個房間。

從店舖的格局就主張著「這裡是很高級的壽司店！」，而且裝潢也讓人感覺到高雅的和風。與迴轉壽司截然不同。閃耀著一種分外成熟的氣場。

這不是高中生該來的地方。

起初雖然覺得有點無地自容，但進了包廂後就逐漸平靜下來。

剛才那壞心眼的發言，也是因為沒有店裡的人看著才說得出口。

「我非常感謝妳們兩位～……！要是沒有小夜澄妳們，我現在不知道自己會變成什麼樣子！所以，妳快點消氣啦……」

乙女不斷地對由美子察言觀色。

她明明有著令人驚豔的美貌，但是表情從剛才開始就固定在困擾的神色。

長達腰部的柔順秀髮俐落地綁在後面。

身上穿的淡紅色上衣搭配有著春天氣息的明亮長裙，看起來相當適合。

櫻並木乙女。

她是隸屬於聲優經紀公司多里尼提，目前大受歡迎的聲優。

由美子並不是真心想讓這位前輩聲優傷腦筋。

只是因為很開心，在跟她鬧著玩而已。

順帶一提，乙女剛才說的兩人——

「……姑且不論夜，我是真的什麼都沒做。」

包含了在旁邊的夕暮夕陽——也就是渡邊千佳。

特徵是長到蓋住眼睛的長瀏海，以及其深處的可愛長相。

不僅如此，看到她那纖瘦的肩膀與嬌小的身軀，會讓人聯想到如夢似幻的少女。

但她的個性其實相當強勢，眼神也很銳利。

儘管身穿制服，但穿起來沒有任何鬆垮，是資優生的穿法。

而由美子的容貌與這樣的千佳正好呈現兩極化。

用電棒燙過的頭髮蓬鬆地捲起，戴著飾品，臉上也化著無懈可擊的妝容。

裙子很短，上衣的鈕釦從上面開了兩顆。

無論任何人看到，都會覺得是辣妹打扮。

從外表來看，由美子與千佳屬於兩極化。

然而，由美子是以歌種夜澄這個藝名，千佳則是以夕暮夕陽這個藝名，兩人都在從事著聲優活動。

乙女之所以從剛才開始就不停地低頭道歉，也是因為與聲優活動有關。

櫻並木乙女之前身心平衡嚴重崩壞，陷入了不知是否能再繼續當聲優的窘境。

而設法解決這件事的，就是由美子與千佳她們兩人。

所以，千佳剛才那番發言並不對。

「不，若是沒有渡邊，秋空小姐就見不到乙女姊姊了。畢竟妳也幫了不少忙，我不認為妳什麼都沒做。」

聽到由美子說得如此乾脆，千佳露出有點詫異的表情。

乙女見狀，慌張地接話繼續說下去：

「就是啊。我聽說小夕陽也為我做了很多很多。真的很謝謝妳。所以我想趁今天表示小小的心意向妳道謝，如果妳願意接受，我會很開心的。」

「嗯……如果是這樣的話。」

千佳對由美子瞥了一眼，然後用手指捲起頭髮。

不知道她在害羞個什麼勁。

由美子以側眼看著千佳，繼續鬧著彆扭。

「就是啊～姊姊當時需要的是秋空小姐對吧。先不說把秋空小姐帶來的夕，我做的根本只是些細微末節的小事。其實應該不至於向我道謝吧～」

「小、小夜澄～」

「櫻並木小姐，妳一直理她，她反而會得意忘形。這是在假裝鬧彆扭而已。」

被千佳指著的由美子不禁說了聲「妳很煩耶」，抓住她的手指。

不過，實際上確實是裝出來的。

由美子只是對乙女的反應樂在其中。

畢竟，停止活動那時的乙女實在是令人看不下去。

不管說什麼她都聽不進去，只是露出令人心痛的笑容。

所以，看到乙女像現在這樣露出為難的笑容，並為此感到著急的表情，實在令由美子感到很開心，忍不住想要捉弄她。

「晚、晚安。」

這時，新的聲音出現了。

拉開隔扇探出頭的，是一位散發沉靜氣場的女性。

富有光澤的豔麗黑髮長及肩膀，黑框眼鏡帶給人一種富有知性的印象。

恐怕是下班剛回來吧，她還穿著套裝。

「啊，小紅葉……！謝謝妳願意過來！」

眼見乙女露出開朗的表情，她——秋空紅葉隨即露出僵硬的微笑。

秋空紅葉。

她與乙女一樣隸屬於多里尼堤，兩人是同期的聲優。

儘管她基本上已經退出聲優這個行業——但是在最後的最後，她趕過來幫助了陷入困境中的乙女。

正因為有秋空在，櫻並木乙女才能重新振作。

由美子與千佳無從得知當時她們說了什麼。

但是，她們兩人在那之後似乎也依然在繼續交流。

乙女原本就想邀請秋空也參加這次聚餐，但是她煩惱會不會因此給秋空帶來麻煩……後來是由美子推了一把，乙女才鼓起勇氣聯絡了秋空。

所以現在秋空才會出現在這裡。

乙女心想，如果秋空願意赴約，就要和她好好相處。

不過，秋空看起來對乙女還有點內疚。

她始終沒有踏入包廂，而是露出尷尬的表情依序環視每個人。

在由美子與千佳向她打招呼後，她總算開口說道：

「……我也可以待在這裡嗎？這樣會不會打擾到妳們？」

她百般猶豫之下擠出了這番話。

聽到這句話，乙女的表情也跟著變得不安。

「果、果然給妳添麻煩了嗎……？因為好不容易才見到面，我想跟小紅葉好好相處……可是，如果小紅葉不願意的話……還是跟我講清楚比較好……」

「怎、怎麼會添麻煩呢……可是，我想說應該是櫻並木小姐妳們在顧慮我……要是因為我而導致氣氛僵掉，那我還是先告辭比較好……」

兩人頓時變得忸忸怩怩，互相客氣了起來。

考慮到她們的狀況，也怪不得她們會顧慮到彼此的感受。

但是，由美子覺得若是能趁這個機會打破隔閡，自然是再好不過。

「秋空小姐，我們非常歡迎妳。我很想跟妳聊聊。而且，這裡已經有個會讓氣氛不好的成員了。」

「啥？」

由美子笑著指向旁邊的千佳後，千佳便立刻對她投以凶狠的目光。

「又來了。我真的很討厭妳這種地方。為什麼妳就是這麼沒禮貌？妳沒注意到剛才那句話是最容易讓氣氛變差的嗎？所以妳……」

「——就是這種感覺。有個傢伙立刻就會拚命反咬回來，所以請妳完全不需要客氣。」

「喂！妳怎麼可以把人說得和動物一樣！佐藤，剛才那完全是妳在設計我吧！還擺出一副只有自己很懂事的表情……！」

「啊，渡邊。已經可以了，謝謝。」

「……唔！」

千佳開始微微顫抖起來，狠狠瞪著由美子。

眼見由美子裝作若無其事地躲過她的視線，她的表情變得更是不甘心。

秋空看著她們這樣的互動，嘻嘻地笑了。

「妳們真的是很妙呢。既然妳們都說到這個份上，那我就打擾了。」

於是，秋空終於踏入了房間。

乙女見狀，一臉開心地拍了拍旁邊的座位。

眼見這幕景象，千佳似乎也終於打算收斂自己的怒氣，重新在位置上坐好。

然後，她像是要遷怒般嘟囔了一句：

「……算了。如果要讓櫻並木小姐道謝的話，我覺得應該是要謝謝最後拿走全部功勞的秋空小姐。」

「這倒是真的呢。畢竟我們什麼也沒做。」

由美子一附和，乙女再次露出為難的表情，以弱弱的聲音說著「妳們兩個～……」。

乙女似乎是預約了套餐，什麼也沒說就有人把料理端到房間裡。

由美子本以為肯定只有壽司，但一開始端出來的是一丁點大的小東西，看不出來究竟是什麼。

她疑惑地吃進肚子……隨後反而感到更加不解。

乙女和秋空看起來吃得津津有味，並配著酒品嚐美食，但千佳和由美子則是面面相覷，竊竊私語地說著：「高級店家是這種感覺嗎？」

不過當握壽司端上來後，氣氛頓時搖身一變。

「喔喔……」

放在壽司台上的各種握壽司紛紛散發出不同的氣場。

紅色的鮪魚堪稱妖豔，纏繞著微微的光芒釋放出魅力。

烏賊則是綻出白色的光輝，朱紅的大蝦甚至讓人感到威嚴……

其他還有些不知道是什麼魚做的壽司，但一個個都散發出高級感，那種氛圍實在厲害。

「啊，要是還有其他想吃的東西，不要客氣儘管說。我會加點的。真的不用客氣喔。」

乙女大概是發自內心這樣說的，但由美子的感覺就是「就算這樣說，我也不敢點啊……」。

這個，應該超貴的吧……？

不，其實從店的外觀就散發著這種氛圍。

「我真的很感謝二位為我做了這麼多！為了答謝，就讓我請妳們吃飯吧！」

由美子想起聽到乙女的邀請後，自己就想著「她要請我吃好料啊～」就不疑有他地跟了過來，結果被店面的氣勢嚇到的那件事。

這間店離車站有些距離，在一個有些難走進來的地方。

石板小路、有些昏暗的提燈、寫著難懂漢字的門簾……站在這看起來過於典雅、高級的入口面前，兩個女高中生頓時不寒而慄。

「咦？這個地方應該超貴的吧……？可、可以進去這種地方嗎？」

「我、我們還穿著制服，這樣真的好嗎……啊，制服算正式服裝……？呃，可是櫻並木小姐也只是穿著便服吧……」

「這麼問是有點俗氣啦，但乙女姊姊有賺那麼多錢嗎……？」

「咦？可是櫻並木小姐的演藝經歷應該沒那麼久吧……？」

她們兩人十分動搖，甚至還罕見地把身體貼在一起，不斷地講著悄悄話。

被帶到包廂之後，由於只剩下熟人在場，所以直到剛才都還很鎮定，可是……

像這樣面對著充滿高級感的壽司，她們又想起來這裡是什麼樣的地方。

儘管很緊張，但因為乙女很正常地說：「我要開動了——」，於是由美子也雙手合十。

總之，她決定先吃一下這個看起來像是鮪魚中腹？的物體……

「…………！」

她嚇了一跳。

那是從未體驗過的味道。

高雅的魚脂緩緩地浮現出來，食材在舌頭上慢慢融化。

一股強烈的鮮味頓時充滿了口腔，與低調地散發香氣的醬油混為一體。

食材上面似乎事先沾了醬油，這點也讓由美子非常震驚。

這兩種味道與緩緩融化的白飯融合，三位一體的衝擊直接將「鮮味」打入腦髓。

好吃……這是什麼……

太好吃了……

咦？這樣沒問題嗎？吃這麼好吃的東西，會不會變笨啊……？

「啊，真好吃。」

聽到秋空的聲音，由美子頓時抬頭。

秋空凝視著壽司，感動得摀住了嘴巴。

她驚訝的樣子也十分高雅。

乙女見狀，則是微笑著說「太好了～」。

「可是，櫻並木小姐。真的可以請我們吃這麼高級的壽司嗎？這裡應該很貴吧？」

「啊，其實也沒有喔。雖說非常好吃，但價錢意外地合理……況且大家都幫了我這麼多忙，我想好好謝謝妳們。」

她沒有亂了方寸，說起話來也很正常。這實在令人難以置信。

咦？就這樣？她的反應就這樣？

明明吃了這麼好的壽司？

大人好可怕……

由美子忍不住偷看同為高中生的千佳。

接著，千佳的反應讓她鬆了一口氣。

「…………………………………好吃到好可怕。」

千佳固定在把壽司放入嘴裡的姿勢，如此喃喃說了一句。

此時由美子理解了真理，人一旦吃到過於好吃的東西，便會害怕得不寒而慄。

戰慄。那是在戰慄。

但與此同時，她也湧起了一個疑問，並悄聲地問千佳：

「渡邊妳家不是很有錢嗎？妳沒來過這種壽司店嗎？」

「我是第一次來。因為我媽媽在外面吃飯都會重視簡單方便。」

象。

「啊……」

由美子隱約能想像到。

比起那張嚴肅的臉放鬆下來連呼大喊好吃的景象，趕緊吃完走人更符合她母親給人的印象。

接著，千佳又一臉無趣地繼續回答：

「而且媽媽還覺得我的口味偏小孩呢。真是沒禮貌。」

「啊………」

這樣更能想像出來了。

由美子甚至與這樣的想法產生了共鳴。

千佳的話，就算是家庭餐廳的漢堡排或連鎖店的咖哩想必也能吃得津津有味，而且千佳的母親應該也覺得「這樣她反而會更開心吧？」。

與其說千佳的母親重視方便，就結果來說應該是選擇了千佳可能會喜歡的店吧。

不過實際狀況如何就不得而知了。

或許是因為秋空在旁邊而感到緊張，乙女的酒是一杯接著一杯。

而且秋空似乎也被她的步調影響，兩人慢慢開始醉了。

但也拜所此賜，原本緊張的情緒得以緩解，兩人的話也多了起來。

正當她們享受著這場和睦的餐會時，秋空順著話題如此說道：

「不過，櫻並木小姐。不可以再做出會讓後輩擔心的行為了喔。」

乙女的臉因為醉意而泛起紅潤，聽完後眨了眨眼。

她凝視著倒有日本酒的杯子，輕輕點頭。

「……嗯。我不會再讓那種事情發生了。我不會再讓小夜澄、小夕陽，還有小紅葉擔心的。」

她像是要確認自己的決心如此低喃，隨後露出溫和的笑容呵呵笑了兩聲。

「我也和經紀人商量過，比起工作，更要以健康為優先。我會不讓自己焦躁，謹慎地做這份工作。畢竟這次的事情讓我清楚明白，勉強自己並不是好事。」

這番話，是由美子最希望聽到的。

以前不管對乙女說什麼，她總是勉強讓自己持續奔跑。

若是她能注意身體、放慢速度的話，那就再令人開心不過了。

由美子帶著平靜的心情聽她說著這番話，但秋空的一句話卻讓氣氛頓時凝重起來。

「我倒是希望妳在我倒下的時候就學會這一點呢。」

秋空雖然說得若無其事，那句話卻顯得相對沉重。

差點就壓碎了其他三個人的心。

此時秋空注意到其他人的反應，連忙補充說道：

「不，我不是想自虐。只是，既然我自己是因此搞砸的，自然希望其他人引以為鑑嘛。呃，就是令人尊敬的犧牲……怎麼說，就像是解剖青蛙那樣？不，這樣講也不對呢……」

秋空喃喃說著爛到不行的比喻，從這點來看，她可能也醉得相當厲害。

由美子見狀打算打個圓場，把話接了過去：

「不過，我因為乙女姊姊這件事而有了各種想法。甚至還開始煩惱畢業後的出路之類的了。我真的覺得自己這樣下去不行。」

「咦，是這樣嗎？比如說呢？」

「呃……」

聽到乙女如此詢問，由美子不禁瞥了秋空一眼。

儘管剛才順勢就脫口說出，但這件事會不會讓秋空感到不悅呢？

由美子猶豫是不是該敷衍過去，但秋空先一步察覺到了她的意圖。

秋空忽然露出溫柔的笑容，點了點頭。

「請說吧，歌種小姐。或許我能幫上妳的忙。有些事情說不定只有我能說得出口。」

……這個人果然很體貼。

由美子決定順著秋空的好意，吐露內心的煩惱。

這時，她之所以朝旁邊的千佳瞥了一眼，是因為有點害羞。

她盡可能不去在意，開口說道：

「我之前打算高中畢業之後專職當個聲優。母親在經營一間小酒吧，我想一邊在那幫忙一邊專心從事聲優的工作。但是，現在我覺得這樣真的好嗎……」

直到不久之前，由美子依然覺得這樣就好。

雖說她並不是很有自信地認為自己作為聲優能成大器，但也不是完全沒辦法走紅。

畢業以後，就認真去試鏡，為了獲得大量工作而努力。

然後，總有一天也能通過泡沫美少女的試鏡——這樣。

她並非完全沒考慮過無法走紅的問題。

但是，她肯定下意識撇開了視線。

而這一次，它變成現實阻擋在眼前。

眼見乙女倒下，聽聞秋空引退的消息，她開始有「這樣下去真的好嗎？」的想法。

該說是現實開始有真實感了吧。

曾經朦朧的未來，逐漸變得清晰可見。

聽到由美子這番話，乙女和秋空同時「啊……」了一聲。

「……我暫停活動的時候，也考慮過轉職呢。還看了一些應徵雜誌和轉職網站。」

乙女有些尷尬地開口說道。

一想到她封閉自我的那個時候，會有這種想法也不奇怪。

但是，連那位櫻並木乙女都考慮過轉職，這件事著實教人心痛。

乙女垂頭喪氣地繼續說著這苦澀的話題。

「我那時候覺得，看來這會很辛苦呢。因為我也是在高中畢業後直接專職做聲優的。聲優業界之外的職涯是一片空白，連一張證照也沒有……不當聲優之後，我又能做什麼呢？思考了一下之後，才發現自己什麼都做不了……」

乙女把嘴抿成一條直線，發出了苦惱的聲音。

之後，秋空也露出望向遠方的眼神。

「我在找工作時也費了一番工夫呢……我當時還想說應該要去上個大學或者專科學校才對。因為選擇實在少得可憐。雖說我運氣好進了個正常的公司，但也有許多那種黑心企業在徵人……並不是說待遇怎麼樣，基本上勞動環境就已經是糟到不行……」

秋空臉色蒼白，呵呵笑著說道。

隨後，儘管她換回了原本的表情，

「不過，最黑心的勞動環境還是聲優業界啦。」

這樣說道，這句話把乙女逗笑了。

不是，這笑不出來啊。

這笑話太沉重了啦。

乙女笑了一會兒，接著再次開口：

「所以，我也在想應該要弄個備案。反正現在時間多了出來，我打算去考張證照或是做點別的。畢竟也不知道今後會發生什麼事情嘛。」

這句話很沉重。

現在眼前的兩位作為聲優，明明都曾是一帆風順，但她們還是受挫了。

將來會怎麼樣，真的不曉得。

由美子看向旁邊。

千佳默默地傾聽著她們兩人的話。

漂亮的側臉沒有表情，看不出來她在想什麼。

「渡邊，妳的出路決定了嗎？」

千佳輕輕晃了一下頭髮，隨即望向由美子這邊。

「我計劃要去讀大學。」

「是這樣啊。」

這個回答，說意外也是滿意外的。

由美子本以為千佳會繼續在聲優的大道上衝刺。

隨後，千佳露骨地嘆了口氣。

「其實我是想專職做聲優的，但媽媽吵著說至少一定要上大學。畢竟她這個人就是不知道會做出什麼，所以我打算照做。」

原來如此。

如果這是千佳她母親的意思，那就能理解了。感覺那個人確實會這麼說。

千佳要上大學啊……由美子以朦朧的思緒想著這件事。

「姊姊，謝謝招待！非常好吃～感覺自己好像變成熟了呢。」

「多謝招待。非常好吃。」

「沒有啦，完全不用客氣！比起妳們之前的幫忙，這點小事……」

「……櫻並木小姐，我自己那份還是……」

「真是的，小紅葉！我就說不用了吧？別這樣啦～」

享用過美味的壽司後，由美子等人走出了店家。

因為由美子接下來有其他安排，千佳明天早上有工作，兩人要先離開，但乙女似乎還想和紅葉在一起。

她露出散漫的表情，挽著秋空的手。

「嗳，小紅葉，我們再續一攤吧？我還沒喝夠啦～」

「好好好……知道了，知道了。走吧。我奉陪到底。」

「太好了～」

乙女放鬆地發出了「嘿嘿嘿」的笑聲，而秋空的表情也顯得很柔和。

因為她的臉也很紅，想必是有些醉意了吧。

乙女就更不用說了。

起初兩個人都很緊張，但酒精似乎設法幫她們打破了彼此的隔閡。

很少看到乙女醉成那樣。

「小夜澄、小夕陽，我們下次見嘍～」

乙女顯得相當開心，拚命地揮手。在旁邊的秋空則是微微點頭告別。

由美子與千佳一起目送她們兩人消失在夜晚的街道。

隨後，她呼了一口氣。

「……寂寞了？」

千佳望向這邊。

由美子聞言，慌忙摸向自己的臉。

「咦？我看起來是那樣嗎？」

「不是……但櫻並木小姐看起來莫名開心。我在想，妳這種時候是不是會有種喜歡的人被搶走的感覺。」

「啊……是這個意思啊。嗯，可能也有人會這樣吧。」

自己剛才確實有點感傷，但並不是寂寞那類的感覺。

看到乙女開心的樣子，看到她與秋空之間不再有隔閡，由美子是單純為此感到開心，心想「啊，太好了……」。

正因為發生了之前那些事，如今看到開朗的乙女，頓時讓她鬆了口氣。

由美子懷抱著這種心情，告訴千佳「不用擔心」。

千佳聞言，隨即哼了一聲。

「我才沒有擔心呢。只是看到妳這麼老實我會不舒服而已。」

「這傢伙……」

聽到千佳講話一如往常地刻薄，讓由美子氣得牙癢癢的，但她還是收起了怒氣。

因為難得吃到美味的餐點，她不想打壞那股餘韻。

不過，她依然有話想說。

「渡邊。」

「怎麼了？」

「存活下去吧。」

「……不用妳跟我說。」

告別千佳之後，由美子繞去了指定的店家。

打開門後，鈴鐺小聲地響起「噹啷噹啷」的聲音。

這是一間小店。

擺在吧檯前面的椅子很少，桌子也是屈指可數。

懷舊的裝潢顯得比較昏暗，有種類似酒吧的氛圍。

感覺大人會靜靜地在這裡喝酒。

而這樣的地方卻是咖啡廳，讓由美子感到很驚訝。

「姊姊也是，她們都是在哪知道這種店的……？我要是變成大人，也會知道這些地方嗎……」

正當由美子在喃喃自語時，有人喊了一聲「喂——由美子——」向她搭話。

那是已經先坐在座位上的加賀崎。

和平常一樣，她穿著筆挺的套裝，而且每個要點都加入了玩心。

那副模樣給人的印象，就是個時髦的帥氣大姊姊。

每次看到她，由美子都會對那出類拔萃的身材與品味看得如痴如醉。

即使這間店的風格如此成熟，加賀崎也能完美融入。

她的名字是加賀崎林檎。

她是演藝經紀公司巧克力布朗尼的員工，歌種夜澄的經紀人。

由美子靠近她所在的桌子，投以笑容。

「加賀崎小姐，謝謝妳願意騰出時間。」

「不會。我也正好有工作上的事情想跟妳說。時機正好。」

或許她在由美子來之前有抽菸，隱約能感覺到香菸的味道。

由美子坐到她的對面，隨即注意到桌上擺放著咖啡和蛋糕的盤子。

加賀崎自然地遞出菜單。

「妳吃過飯了吧？要是肚子還吃得下，可以點個蛋糕。很好吃喔。」

「噢……那我就點一份吧……」

她依加賀崎的推薦點了特調咖啡和乳酪蛋糕。

雖然這間店是加賀崎選的，但拜託她騰出時間的人是由美子。

幾天前，她打電話說：

「我有點事情想找妳商量。」

當時的加賀崎聞言，露出超明顯在警戒的態度。

『……商量什麼？難道又有什麼麻煩事嗎？妳這次做了什麼？不對，是接下來才要做嗎？給誰添了麻煩？是我減薪就能解決的問題嗎？』

「不、不是啦。呃，該怎麼說呢。應該算是商量畢業後的出路？我想問問妳的意見。」

『真的只是商量出路嗎？不是要跳槽去其他經紀公司吧？若真是那樣，小林檎可是會哭的喔。沒想到為妳這麼盡心盡力，竟然還會被拋棄。』

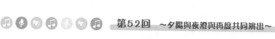

「加、加賀崎小姐。這怎麼可能啦……」

『這代表由美子就是這麼一個問題兒童喔。我是真不知道妳會說什麼。』

或許是這一年來由美子到處惹麻煩的緣故，加賀崎對她充滿戒心。

設法解開誤會之後，總算是敲定了今天的會面。

「所以呢？由美子要商量什麼？妳說過要商量出路對吧。」

加賀崎一邊開口，同時把信封放到桌子上。

由美子的視線不由得被那個吸引過去。

這一定與加賀崎剛才提到的「工作上的事情」有關。

是劇本或是資料嗎？

工作？

哪個？什麼？確定了？還是試鏡？邀約？

眼見由美子的視線無法離開信封，身體因為坐立難安而搖來晃去。加賀崎露出微笑說：

「妳真是可愛呢。先把工作的事情說一說吧。」

「拜託了。」

眼前有如此教人在意的事情，根本不可能冷靜下來商量。

加賀崎取出記事本，然後露出瀟灑的微笑。

「工作敲定了，而且有兩件。是妳之前說想做的那個，『皇冠☆之星』海野蕾恩。」

「那、那個上了？真的嗎！」

「是啊。這樣一來工作量肯定暴增呢。」

一股喜悅頓時在胸中擴散開來。

這個報告讓由美子不禁想大喊「太好了」，舉起雙手歡呼。

「皇冠☆之星」是所謂的偶像作品。

主角們是參加新企畫所選拔出來的偶像候補生，與夥伴一起以獲得頂尖偶像的稱號「皇冠」為目標而努力的故事。

已經決定要播放電視動畫，手機遊戲營運，夏天還要舉辦演唱會。

預計會製作許多劇中歌曲，也會準備各自的角色歌曲。

製作團隊似乎想把這部作品打造成全新的品牌。

他們打算積極舉辦演唱會和活動，不侷限於動畫與遊戲，而是擴展多方面的內容。

為此，出演的聲優會選擇新人和年輕人，也就是將來備受期待的聲優。

似乎是希望「皇冠☆之星」成為這群聲優的代表作，將來把她們稱作「皇冠聲優」。

出演的聲優當然會增加更多工作，也會被要求在各式各樣的媒體上曝光。

以前，由美子、千佳以及乙女在「紫色天空下」這部動畫組成了一個名叫愛心塔的團體，還辦過活動和演唱會。

這次的工作可以當作那個的擴大版。

加賀崎望著記事本，用筆在上面敲了敲。

「配音、錄音、演唱會與活動。光是這部作品就會增加不少工作，賣座的話就能定期收到工作。這可是個機會喔。加油吧。」

加賀崎看起來也很開心。

即使是一次性的工作，勞動量也會增加不少。而這部作品甚至還放眼系列化。

只要人氣能維持下去，就能自然而然接到工作。

加上製作團隊也是看準了這點才推動這個企畫，很令人期待。

正當由美子在心裡雀躍地喊著「太好了，太好了」時，加賀崎露出了別有深意的笑容。

「咦？什麼？怎麼了嗎，加賀崎小姐？」

「嗯？沒有啦。其實我也和成瀨小姐聊過了。夕暮似乎也接到和泉小鞠這個角色，那是跟由美子同一個團體的角色。」

「…………」

這該怎麼反應好呢？

應該說這正是重現了「紫色天空下」的狀況。

不，以一部作品為契機，增加共同演出的機會，這種狀況並不罕見。

可是，對方是千佳就……

「怎麼？妳很高興嗎？與夕暮一起真是太好了呢。」

「咦、啊、啥？為、為什麼要這樣說？我、我怎麼可能開心啦。」

加賀崎說出了意想不到的話，由美子反射性地如此回嘴。

由美子覺得最近周圍的人都過度誤解了自己與千佳的關係。

彼、彼此的關係確實與一般聲優不同，但因為一起工作就很開心什麼的，才、才不是那樣啦……

「是嗎？妳也知道，這部作品要全靠新人帶動工作現場。我倒覺得裡面有個熟面孔的話，妳會開心也是情有可原。畢竟這樣也比較好放手去做吧。」

「…………………」

加賀崎看著記事本，不以為意地如此說道。

不用說，她這當然是在捉弄由美子。

她在看著由美子的反應，引以為樂。

由美子會意過來後，不開心地噘起嘴巴，加賀崎見狀不禁笑了出來。

「對不起啦，別鬧彆扭了。啊——總之，這邊就單純是份好工作。妳就鼓起幹勁吧。再來，就是另一份工作……」

加賀崎拿起另一個信封。

由美子立刻把身子往前斜。

光是「皇冠☆之星」就已經是非常出色的戰果了，竟然還有另外一件！

儘管這個狀況讓由美子開心得無可自拔，但不知為何，加賀崎此時的表情卻有點鬱鬱寡歡。

她頓了一下，把信封放回桌子上。

「……不了。先處理由美子要商量的事吧。我也有點事情想說。」

「…………？」

看來似乎有什麼隱情。

加賀崎把「皇冠☆之星」稱為「單純是份好工作」。

那麼，另一件工作或許沒辦法這樣簡單帶過。

由美子決定依加賀崎說的，暫時忘記工作的話題。

「呃。那麼，妳願意聽我商量嗎？」

加賀崎輕輕點頭。

由美子在腦海整理狀況，同時開口說道：

「就是有關將來的出路……」

內容與她跟乙女等人商量的一樣。

她現在很猶豫自己在高中畢業之後，該不該做個專職聲優。

加賀崎默默地聽著這番話，在由美子說完後，她也沒有立刻開口。

她啜了一口咖啡，接著以平靜的語氣開口。

「……以巧克力布朗尼的經紀人來說，我希望妳能做個專職聲優。學生和全職，能用的時間是截然不同。我希望妳拚命試鏡，卯足全力工作。這樣我作為一名經紀人做事也比較方便。」

說到這裡，加賀崎移開了視線。

她壓低聲音繼續說下去。

「可是，如果是以小林檎這個人來說，我覺得妳起碼該上個大學比較好。多個學歷沒什麼不方便，而且要是真的得去找工作，肯定會存在學歷上的差距。」

此時，加賀崎輕輕用手指摩擦了下巴。

她不與由美子對上視線，重重地吐出一口氣。

「……我相信由美子能走紅，也會為此竭盡全力。但是，經紀公司沒辦法說『會照顧妳到最後』。他們無法為妳的人生負責，不能保障妳的生活。所以，我覺得妳先留個備案會比較妥當。」

「加賀崎小姐……」

她的心意讓由美子的胸口頓時暖了起來。

不用擔心，妳就專心從事聲優這份工作。

別去上什麼大學，專注在工作上吧。

作為一名經紀人，她只須這樣說就好。

但加賀崎卻吐露心聲給出了這番建議，是真心在為由美子著想。這令由美子感到十分開心。

而且，她還說自己相信由美子能走紅。

加賀崎搔了搔頭，思考了一會兒。

隨後，她將身體靠在椅背，對著由美子豎起三根手指。

「由美子的選擇有三個吧。畢業之後直接做個專職聲優，或是升上大學或專科學校……再不然就是果斷放棄這條路。」

「放、放棄？」

聽到從未想像過的選擇，讓由美子大驚失色。

但是，加賀崎好像並不是在開玩笑。

她環起手臂，以平靜的語氣繼續說道：

「一般來說，歌種夜澄在這個社會上或許是個不紅的聲優。但是從整體聲優的角度來看，妳的環境相當不錯。畢竟妳擔任了幾個主要角色，完成過很大的工作，也並非沒有知名度。比妳狀況更糟的人比比皆是。」

……確實是這樣。

在聲優業界，要往上比是高不可攀，但往下比更是深不見底。

就現狀來說，歌種夜澄實在無法只靠聲優這份工作活下去。

但是，歸功於加賀崎林檎的本事，她得以接到一些算是有聲優風格的工作。

有人從未出演過電視動畫，也有人即使出演也只能扮演龍套。

這樣的人並不少見……應該說大多數聲優都是這樣的。

「所以，若是妳現在放棄，就可以留下一份美好的回憶結束聲優這份工作。既不會痛苦也不會難受，無須在失意中離開這個行業。妳可以把它視為點綴人生的一抹色彩，懷抱著幸福的經歷，回歸平凡的人生。我覺得這樣也是個聰明且幸福的選擇。」

這肯定是覺悟方面的話題。

如果今後要在這條路上繼續前進，就必須做好失去的覺悟。

加賀崎正在警告自己這一點。

這番話完全脫離了經紀人該有的職責，是出自加賀崎林檎個人給予她的體貼。

……由美子剛聽到時雖然嚇了一跳，但這確實是一種選擇。

只處理好目前的工作，準備升學或是就業。

就像對許多學生而言的社團活動那樣，把聲優這行當作青春的回憶，開始踏上極為平凡的人生。

到時能笑著說，雖然也有過難受的事情，但很開心。

說不定這真的是一條幸福的道路。

「由美子的母親是怎麼說的？妳有找她商量過吧？」

聽到這個問題，由美子如此「當然」。

她最先商量的就是母親。

而且正因為得到了母親的答案，由美子才會找大人商量。

「媽媽——妳有空嗎？」

「嗯～？什麼事～？」

這天，母親在家休息。

由美子抓準她悠哉看著電視的時機，開口找她商量。

由美子坦承自己目前正在煩惱出路的問題。

由美子的母親也答應讓她在畢業後一邊當聲優一邊在母親的店裡幫忙。

但是，到了這一步卻開始迷惘了。由美子這樣告訴她。

跟家長商量畢業後的出路是理所當然的，而且，由美子覺得母親會鉅細靡遺地給自己建議。

然而，母親沉思了一會兒，隨之說出了出乎意料的話語。

「如果由美子是在認真煩惱，媽媽或許沒辦法給妳意見呢。」

她這樣說道。

正當由美子為此驚訝的時候，母親娓娓道出她的理由。

「如果由美子真的只是個高中生——是個什麼都不懂的孩子，媽媽不僅會聽妳商量，也會把媽媽思考的出路告訴妳，說不定在建議當中還會囑咐妳該選擇什麼樣的路。可是，由美子已經不是這樣了。」

「……什麼意思？」

「由美子現在很出色地在完成自己的工作吧～？妳切身地了解媽媽不懂的聲優行業。媽媽當然也有希望妳選擇的道路，但那不過只是媽媽的願望，反而會妨礙到由美子的煩惱。所以我不會說出口。」

母親用食指比了個叉，放在嘴唇前面。

由美子絲毫沒想到母親會說「沒辦法給意見」。

雖然感到困惑，由美子還是繼續追問。

「不，可是……告訴我媽媽的意見也沒關係吧？反正會不會遵從也要看我自己……」

「不行。家長的意見呢，比小孩子想的還要來得沉重。媽媽一旦說出口，就會深深地烙印在由美子的心裡。不管妳遵不遵從——總有一天說不定會想著『當時要是有聽媽媽的話』『要是沒聽』之類的。我希望由美子自己再三思考，等思考出答案之後，再抬頭挺胸地走在自己選擇的那條路上。」

「媽媽……」

她雖然有自己的意見，卻刻意將那藏在心裡。

由美子也明白母親這番話的意思。

假如母親對自己說「去上大學吧？」或是「繼續當聲優吧？」，自己可能就會說「那就這樣吧……」，跌跌撞撞地走上母親所指的那條路。

毫無疑問會受到極大的影響。

由美子雖然認為自己還是個孩子——但在聲優業界，其實已經被當作是個獨當一面的大人。

母親之所以會說「由美子更了解這個業界」便不再多話，這也是在對聲優歌種夜澄表示敬意。

既然自己在這條路上一路走來，就該自己做出判斷才對嗎？

母親沒有提出意見，取而代之的是敲了敲自己的胸膛。

「可是，無論由美子選擇哪條路，媽媽都會全力支持妳！這點是絕對的！我都準備好了，所以妳別擔心，好嗎？一旦由美子決定好出路之後，我們兩個就一起加油吧。因為媽媽永遠是由美子的媽媽呀。」

「…………」

母親笑嘻嘻地以溫柔的聲音說道。

……啊，幸好自己是媽媽的女兒。

這樣的想法頓時充滿了由美子的胸口。

或許是因為最近發生了不少事，由美子變得特別容易落淚。

講這種話會讓人很想哭，真希望她別這樣。

由美子強忍著淚水，此時母親用悠哉的語氣繼續說下去。

「由美子該商量的對象不是媽媽，應該是前輩或經紀人之類的業界人士吧。去詢問各種人意見，之後再經過仔～細的思考，決定好自己的出路。我覺得這樣肯定是最好的。」

由美子心想「原來如此」。

她沒有想過要去問前輩。

確實，前輩聲優與經紀人想必更加了解這個業界，她們看過的聲優以及煩惱的經驗也相對地多。

由美子想說立刻就要去找人商量，此時她忽然回過神。

對孩子來說，家長的意見可謂舉足輕重——原來就是這麼回事啊。

「由美子先把能做的事情都做過一遍，假如這樣還是不能找到答案，到時媽媽再給妳意見。但總之呢，由美子得先找大家商量，自己好好思考！」

由美子把與母親的談話過程告訴加賀崎。

加賀崎聞言，喝了一大口咖啡，隨後開始唸唸有詞。

「為人母親的果然厲害呢……要是我也當了媽媽，作為一個人也會更有深度嗎……」

看她這樣喃喃說道，實在有點好笑。

接著，她重振精神，把目光投向由美子。

「就像由美子的母親所說的，妳可以找各種人問問。我也隨時能聽妳商量。妳如果做出決定，記得也要告訴我喔。」

「嗯。」

由美子重重點頭。

是該升學，還是專職就業，或是放棄呢？

無論如何，這個決定對將來的工作會有很大的影響。她打算等決定之後再好好報告。

總之，由美子的商量暫時到此告一段落。

這樣一來，剩下要談的就是關於另一件工作。

加賀崎拿起信封，把內容攤在桌上。

「還收到了另外一件工作。就是春天開始的電視動畫，角色是『魔女見習生瑪修娜小姐』主角的摯友，希薾。」

「！是之前有試鏡的邀約！原來通過了啊！」

連續拿到角色，由美子不禁握拳。

「魔女見習生瑪修娜小姐」是有漫畫原作的電視動畫。

描寫的是一群立志當上魔女的女孩們，在魔法學校上學所過的生活。

畫風溫馨，但故事並不是輕鬆小品，也有描寫戰鬥和嚴肅場面。

「幻影機兵Phantom」之後，試鏡的邀約便稍稍增加了。

希蘅這個角色就是其中之一。

「我跟對方討論過行程了，他們好像還想弄個現場直播的特別節目。因為主角是出道第二年的新人，所以他們也期待由美子能從旁協助。另一個朋友角色，克菈麗絲是夕暮夕陽飾演，他們希望妳和夕暮主持節目。」

「…………」

這次她沒有因為聽到與千佳同台演出就慌張帶過。

姑且不論「皇冠☆之星」，關於「魔女見習生瑪修娜小姐」這部作品，感覺得出是刻意選她們兩個人出演的。從對方率先提到特別節目這件事就能看得出來。

從製作團隊的需求來看，應該是對她們兩人的聊天力與關係性有所期待吧。

但事到如今，這些事情根本無關緊要。

畢竟「紫色天空下」也不是純粹因為演技獲得讚賞而出演的。如果工作能增加，她就要接受這件事。

然而……

「所以，這部作品有什麼問題？」

既然加賀崎講起話來會吞吞吐吐，代表事情肯定沒那麼簡單。

重要的是，其中究竟有著什麼樣的問題。

加賀崎不發一語，遞出了行程表。

上面寫著錄音的預定與直播的行程。

看到內容，由美子不禁嚇了一跳。

「咦？等一下。這個——」

「對。可能不太妙呢。我接下來會去打聽看看，但隱約能看出不太平靜的氣氛啊。不僅資料少，劇本也還沒準備好。總之至少就先準備一下吧——」

正當由美子發出「嗚哇——……」的聲音望著行程表，有個紙袋突然被放到了桌上。

加賀崎把手放在上面，點了點頭。

「總之，我準備了原作的書。先把目前能做的事情盡可能做好吧。」

由美子從加賀崎那邊把資料和原作書拿回家，馬上就在自己的房間觀看「魔女見習生瑪修娜小姐」，沉浸在裡面的世界。

她把重點放在自己要扮演的希蘭，同時往下讀，但此時突然無法集中。

她的視線忍不住望向今天拿到的行程表，以及為數不多的資料。
「這樣沒問題嗎……希望劇本能快點送來……」
由美子如此低喃，然後看了一眼時鐘，發現時間正好。
她將書闔上。
下樓移動到客廳，打開電視。
因為今天要播「幻影機兵Phantom」的最後一集。
『在最後一集前，我一定會超越妳的演技。』
千佳——夕暮夕陽曾經如此宣言。
由美子之前都是錄下來再看的，但唯獨今天她打算第一時間觀看。
……千佳的演技變得愈來愈好。
或許是掌握了角色特質，每一集的水準都在提高。
目睹到她與其他老手聲優不遑多讓的演技，觀眾肯定會忘記她是個新人吧。
不愧是夕姬……由美子不僅這樣想，也有好幾次聽得入迷。
但是——由美子完全不認為她會滿足於這種程度。
她應該是打算用震撼的演技壓過由美子，擊潰她的心靈。
「好啦……妳到底會怎麼做呢？」
距離播放還剩幾分鐘，心臟開始劇烈跳動。

之所以會如此興奮，是因為期待，還是因為恐懼呢？

由美子自己也不曉得。

是希望千佳能壓過自己嗎？還是希望就這樣結束呢？

在這最後一集，肯定會得到答案。

「開始了……」

影像開始播放。

上週，夕暮夕陽扮演的主角櫻庭討伐了反抗軍的頭目。

然而，櫻庭等人遭到反抗軍的殘黨包圍，陷入絕境。

她們試圖逃出生天。就在這時，追擊的敵人逼近Phantom，而森香織扮演的蘇菲亞出面擋下攻擊，受到致命傷──畫面停在這幕場景，下週待續。

或許因為這是最後一集，沒有片頭曲。

開頭就是蘇菲亞的機體遭到敵方機體的劍刺穿的畫面。

Phantom因此停止前進，櫻庭回頭望向蘇菲亞。

「蘇菲亞……！請、請等一下，我現在就去救妳……」

『不用過來！』

影像出現了駕駛艙裡面的櫻庭特寫。

蘇菲亞並沒有出現在畫面上。

鏡頭固定在露出錯愕表情的櫻庭身上，只聽得見蘇菲亞透過通訊傳來的聲音。

『妳來救？救我？別說傻話了，我才沒有淪落到那種地步。妳來也只會礙事，快點走吧。之後我會自己設法解決。』

「可、可是，可是，蘇菲亞……」

平常的櫻庭堅毅冷靜，此時聲音卻在顫抖。

她的聲音表現出糾結和慌張，動搖著觀眾的心。

『妳沒聽到嗎？我叫妳快走。』

蘇菲亞的聲音和平常一樣，但不時會混雜著微弱的呼氣聲。

那種微弱、猶如滴水般的疼痛表情，實在非常高竿。

明明什麼都看不到，卻能想像到渾身是血、生命垂危的蘇菲亞。

此外，也能想像到她為了讓櫻庭逃跑而刻意表現得堅強的那副模樣。

『那待會兒見啦，櫻庭。啊，要是妳先回去了，就幫我泡杯咖啡，拜託了。』

只留下這句話，她便毫不猶豫地切斷了通訊。

蘇菲亞一次也沒出現在畫面上，觀眾只能看到櫻庭緊閉雙眼的臉。

她奮力睜開眼眸，隨後重新握好操縱桿。

Phantom以全速往前奔馳，但就在這個瞬間，背後發生了爆炸。

爆炸的，是蘇菲亞的機體。

「！」

櫻庭頓時吃了一驚，想回頭查看，但她咬緊牙關忍住了衝動，繼續看向前方。

在杳無人煙、空無一物的荒野上，Phantom只是一個勁地往前奔馳。

就在這時。

「……啊啊……」

聽見了櫻庭微弱的——真的十分微弱的沉吟。

她吸氣的聲音，以及微微流露出的細小聲音。

她明明什麼也沒說。

明明只是吸氣、吐氣而已。

僅憑著那一點聲音，櫻庭的感情就撼動了觀眾。

Phantom繼續前進。

櫻庭的臉沒有出現在畫面上。

由美子下意識拭去淚水。

這時，她才第一次注意到自己哭了。

畫面上出現了操縱桿的特寫——

可以看到淚珠撲簌簌地落在上面。

「蘇菲、亞……蘇菲亞……」

櫻庭終究還是忍不住了，她發出了些許微弱的哭聲。

由美子看到這幕景象，不禁想移開目光。

無論是顫抖的聲音也好，吸氣也罷，都不是什麼大不了的演技。

可是，胸口卻沒來由地揪成一團。

呼喚蘇菲亞的聲音，讓感情頓時糾結。

這是多麼、多麼悲傷的聲音啊。

略帶沙啞，流露出感情的這個聲音，明明毫無疑問是櫻庭的聲音，卻又與櫻庭之前表現的任何聲音都不一樣。

「……唔！」

櫻庭微微發出詫異的聲音。

因為反抗軍的機體擋在Phantom前面。

「————唔！」

櫻庭的表情仍舊沒有出現在畫面上。

上面依然只有Phantom和敵方機體。

而櫻庭不發一語。

聽得見的，就只有微小的呼吸聲。

然而只憑這個聲音就能明白。

可以讓人想像到櫻庭抬起頭、流著淚，卻依然瞪視敵人的模樣。

「……唔，竟敢……竟敢做出這種事——！」

老實說，這句臺詞真的是有夠平庸。

可是，聽到櫻庭朝著敵人大喊的聲音，感覺就連自己的感情也差點崩潰。

Phantom在怒吼的同時，將敵人劈成兩半。

這般沉重的悲傷，讓人彷彿像個孩子那般縮成一團，慢慢墜入絕望的深淵。

這股強烈的怒火，使人在暴力的感情所驅使之下，想要破壞一切。

那聲吶喊當中灌注了那樣的想法。

每當櫻庭發出聲音，每當她吐氣，由美子就不禁一陣鼻酸。

嘴唇在顫抖。

痛苦到淚水奪眶而出。

難道，只用聲音就能如此撼動人心嗎——

「…………………………」

結束了。

最後一集，結束了。

在回歸和平的世界，櫻庭跟夥伴們喝著咖啡，莞爾一笑。

這時，開始播放工作人員名單。

最後一集明明很暢快，卻讓人刻骨銘心。

「幻影機兵Phantom」直到最後都是一部出色的作品。

但最後一集的高潮，無疑是前半櫻庭和蘇菲亞的那幕場景。

直到最後都很出色——能留下這樣的評語，那幕場景的功績實在是至關重要。

而正是千佳的演技，造就出那幕場景。

夕暮夕陽的聲音為那幕場景灌注了靈魂。

「……唔……」

由美子哭腫了眼，當場蹲下。

「真是很棒的最後一集……哪裡棒了啊……！」

她有種看完一部好作品後特有的感覺，就好像一陣舒爽的微風撫過自己的心頭。

但這種感覺立刻消失了。

取而代之的是嫉妒與悔恨糾結在一起的感情，在肚子裡翻攪。

自己無疑被她吸引住了。

很厲害。非常出色。

甚至值得為了特地聽她的演技而觀看這部作品。

今後只要有人說到Phantom，絕對會提及那個場景，說「聲優的演技很好」。

持續以高水準的演技奔馳，在最後的最後更是有超水準的演出。

她搶走了所有鋒頭。
歌種夜澄在故事中盤展現出不像新人的演技，如今這件事會不會已經沒人記得了？
是不是完全被她給吞掉了？
但是，她的演技就是這麼好——好到讓由美子能接受這一切。
「渡邊……！妳、總、是，總是……！」
由美子蹲在地上，開始咒罵她。
現在的自己，沒辦法表現出那麼好的演技。
無法如此吸引人心。
千佳說過「我一定會超越妳的演技」，而她也確實地做到了言出必行。
自己何時才能超越那種演技？
要什麼時候，自己才能再次展現出白百合臨終前的那種演技？
一想到這點，她就不禁想要抓自己的胸口。
在最後的最後表現得這麼好也太過分了。耍賴。
由美子不禁想大喊——怎麼會有這種女人！
「……我不能再這樣下去。」
由美子猛然抬頭。
就現在來說，自己的演技沒辦法超越夕暮夕陽。

但就像她做過的那樣，為了超越她而努力，這點是不會錯的。

即使現在無法超越，總有一天一定可以。

不知道這是否能稱得上是幸運，但自己有與她共同演出的機會。

這種機會今後或許還會繼續增加。

這也代表，到時應該有機會向她表現自己的演技。

「不能抱怨了，必須做好自己能做的事情……」

回房間去看「魔女見習生瑪修娜小姐」的原作吧。

畢竟才剛看過那樣的演技。

暫時是睡不著了。

「那麼，下一封來信。來自化名『華生』同學。『夕姬、夜夜，早安！』。嗯，早安。」

「早安～」

「『上週的大新聞真的讓我嚇到了！最近二位共同演出的機會變多，真教人開心！就像二位說的那樣，感覺妳們真的是彼此命中注定的對象呢！（笑）』」

「我可沒這麼說啊。」

「是沒說過呢。這位聽眾聽的是不是其他廣播啊？『話說，有件事令我很在意。二位四月開始就是三年級了，有重新分班嗎？』。」

「啊——有些地方好像不會重新分班呢。我們高中是每年分班喔。」

「『如果重新分班，二位現在是分到同一個班嗎？既然二位是彼此命中注定的對象，我覺得應該是沒問題的，但我很在意，請告訴我！』……這位聽眾是這麼說的。」

「如果是命中注定的對象就能分在同一班嗎？規模是不是有點小？」

「如果這個規模就行了，那我倒是有許多命中注定的對象呢。」

「是說會在意這種事情嗎？節目開頭是會提到『碰巧就讀同一間高中，又剛好同班的我們兩人』。不過大家對分班真的那麼有興趣嗎？」

「關於這點呢，其實像這類來信好像挺多的。就是『請告訴我有沒有分到同班！』的這種來信。」

「有沒有同班應該無所謂吧？」

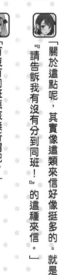

「是無所謂呢。不如說，我反而覺得分到不同的班比較好。畢竟這個人在教室裡總是吵得要命。」

「我是覺得有沒有同班都沒關係。反正夕在不在也沒什麼差別。」

「啥？」

「啊？」

「……就是這種感覺，因為我們關係不好，還是分到不同班才會處得來。畢竟我們本來在一起的時間就長到令人厭煩了。」

「就是這樣～呃～那也該聊聊來賓了吧？下週的來賓呢，會與『瑪修娜小姐』有關。」

「是啊，來宣布一下吧。呃……嗯，怎麼了，朝加小姐……唉。」

…………

「……好，朝加小姐說『既然大家都想知道，妳們就說一下啦』所以我說一下分班的結果嘍～呃

——我和夕——」

to be continued……

在學生生活當中，最大的活動是什麼呢？

校慶？運動會？段考？暑假？

不，是重新分班。

因為在接下來的一年，與自己共度校園生活的同學將會洗牌，所以這時的緊張感和期待感是其他活動無法相提並論的。

轉眼間，春假結束了，由美子她們從今天開始就是三年生了。

而且，由美子她們的高中每年都會進行分班。

「好緊張啊……」

她不由得用手指擺弄著緞帶。

說不定這是至今為止最讓她緊張的一次分班。

當然，每年分班都會讓她滿懷期待、心跳不已。

能不能和那個同學分在一個班呢？自己又會被分到什麼樣的班級呢？

感受著胸口高昂的情緒，同時查看分班結果，這種行為很令人開心。

由美子有很多關係要好的朋友，與不認識的人也能立刻打成一片。

所以以前比起不安，期待的感覺更為強烈。

然而，唯獨這次沒辦法這樣。

因為這不是作為學生，而是作為聲優的重大問題。

「能和渡邊分在同一班嗎……」

這是最重要的。

以前芽玖瑠對她說過的話在耳邊迴響。

因為兩人一直以來都同班，加減能知道對方在學校的動向。

也多少能聊上幾句。

然而，要是被分到不同班，想必就不會和對方聊天，也會不清楚對方的狀況。

這樣會很傷腦筋。

就算在工作上聯繫著彼此，她們在學校也不會有過度的交流。

假如連在學校的聯繫都變得脆弱的話——

「反正每天都能在學校碰面」這樣的保證相當穩固。

會覺得即使保持現狀，依然能設法應付。

但是，如果現在失去這種保證——

果然還是會很傷腦筋。

「這、這是指工作上會很傷腦筋。畢竟在廣播裡也說我們同班……會影響到節目的主軸……」

一旦在意起這點，由美子就猛然開始害羞，喃喃自語找著藉口。

穿過睽違幾天的校門後，綻放開來的櫻花正在迎接學生。

畢竟是新學年，周遭的學生也明顯表現得很興奮。

大家都一副心神不寧、靜不下來的樣子，四周瀰漫著輕飄飄的氛圍。

由美子與其他同學打過招呼，說著：「要是能同班就好了呢——」，同時壓抑著內心的不安。

布告欄上貼出了班級名單，前面已經聚集了人山人海。

看著眼前熙熙攘攘的學生們，由美子也混進了裡面。

「唔。」

她很快地在一班找到了「佐藤由美子」這幾個字。

在附近的「川岸若菜」也同時映入了眼簾。

由美子心想「真高興和若菜被分在同一班」，這讓她的心情輕鬆了一些。

然而，接下來才是重點。

說實話，其他同學即使班級不同也能交流。

但是，唯獨千佳不同。

只有千佳是無論如何都最好同班。

她懷抱著緊張的情緒往下看——

找到了「渡邊千佳」的名字。

「「有了……同一班……」」

有人說出了完全相同的話，是旁邊的學生。

由美子慌張地把視線轉過去，發現了神情緊張的千佳。

她似乎與由美子一樣正在看分班名單。

兩人四目相接。

各自眨了幾下眼，接著，瞬間會意過來。

對方肯定也和自己一樣。

因為臉頰都有些泛紅，表情有些尷尬，又有點難為情。

儘管不想承認，但兩個人很相像。

想必千佳也與由美子有著同樣的心境。

「……麻煩妳別一直盯著看好嗎？」

「……妳才是。」

在吞吞吐吐地對彼此講出這番話後，她們離開布告欄。

兩人並肩走向換鞋區，由美子就像是在表示「先下手為強！」那樣挑釁千佳。

「剛、剛才看分班名單看得那麼專注，難道妳就那麼想和我在同一班嗎？還、還說什麼，『有、有了——』。」

「啥、啥啊？妳也太自我感覺良好了吧？為什麼妳會覺得、我在找妳的名字？我是在看其他……」

「其他還有誰啊……」

「嗚。」

由美子不禁自然地反駁她這句話，千佳聞言後頓時僵住。

然後，她像是放棄了一樣，嘆了口氣。

「……嗯，沒錯。我在找佐藤的名字。因為我想和妳同班。能和妳同班，真是太好了。看到名字，我真的是鬆了口氣。」

「咦？」

由於事出突然，由美子猛然挺直了背脊。

為什麼突然變這麼老實……

咦？這樣我會害羞，別這樣啦……突然是、是怎麼了？這該不會是那種優惠期間？

不，我是、不會為難啦，只是會嚇一跳……

這、這樣子，我是不是也坦率一點比較好……

「啊、啊——……那個，渡邊，我、我也想和妳同班，所、所以很開心——喔。」

她不僅說得超級結巴，也沒正面看著對方的臉，但還是好好說出來了。

不過意外的是，下一刻千佳不以為意地回應。

「嗯，是啊。畢竟要是不同班，高中生廣播就沒那麼有個性了嘛。到時開場白八成也要換掉，很麻煩的。能同班我就放心了。」

「……啥？」

千佳聳了聳肩。

由美子還沒搞清楚狀況，完全停下了腳步。

隨後，千佳在前方幾步的地方停住，以壞心眼的表情回頭望了過來。

「哎呀，怎麼啦，佐藤？妳該不會以為我是因為其他的理由而想跟妳同班？哎呀哎呀，那究竟會是什麼樣的理由呢？還請妳務必把自己剛才的想法告訴我呢。」

「…………唔！」

這、這傢伙……！

由美子領悟到自己被調侃了，臉急速發燙。

完全被擺了一道。

竟然忘了。

千佳是個本性惡劣的女人。

她怎麼可能坦率地表達自己的心情！

「渡邊！」

千佳打算繼續往前走時，由美子叫住了她。

隨後，她擺出炫耀勝利的表情，宛如在說「還有事嗎？」似的回過頭來。

由美子宣洩出自己想對她說的所有話。

「Phantom的最後一集，我看了！妳果然很厲害。演技非常好。感覺不愧是夕暮夕陽，太帥了！妳不僅依然還是我的目標，而且，我果然非常喜歡夕暮夕陽！所以……」

「笨笨、笨笨笨笨笨笨笨、笨蛋！」

千佳慌張地跑過來，摀住由美子的嘴。

她剛才那綽有餘裕的感覺完全消失，滿臉泛紅。

她以極為焦急的表情環視四周。

然後，狠狠瞪向由美子。

「妳、妳啊，為什麼現在說這個？這、這種話不應該在這裡說吧……！這、這麼難為情的事情……！」

「啥啊？渡邊，妳是不是太在意我了。我明明只是單純說妳演技很好而已啊～妳的臉怎麼這麼紅？害我都害羞起來了。」

「……唔！又來了。我真的很討厭妳這種地方……！妳總是這樣……！」

正當她們在鬥嘴時，突然從後面咚地一下傳來了衝擊。

由美子感受到熟悉的重量，頓時回頭望去，發現若菜的臉近在眼前。

「嗨嗨，兩位——我們今年也同班呢。請多指教嘍。」

若菜臉上掛著令人舒服的耀眼笑容，過來搭上由美子的肩膀。

「哦——若菜。早安。我很開心能和妳同班喔。我們校外教學再一起逛吧。」

「當然。哎呀——幸好和由美子是同一班～啊，小渡邊也是喔！」

千佳也被搭著肩膀，但她看起來顯得不知所措。

千佳的臉就在眼前。

她以瀏海深處的銳利眼神看向這邊。

在那瞬間，她露出了厭惡的表情，於是由美子也哼了一聲，把臉撇開。

隨後，她看到一個熟悉的男生走過旁邊。

「啊，木村——木村也同班呢——多多指教嘍——」

若菜向他搭話。

木村似乎也是同班。

這麼說來，好像有在川岸若菜的旁邊看到木村的名字。

「木村，早安——今年也麻煩你多多指教嘍——」

由美子與若菜一樣向他搭話，他聽到後突然戰戰兢兢地游移著視線。

他猶豫了一會兒，到頭來只說了一句「請、請多指教」就離開了。

「好啦好啦，我們去教室吧。不知道班導會是哪個老師呢～小渡邊希望是誰？」

「咦……啊……我……」

由於若菜與千佳也往前走去，由美子便跟在後面。

由美子望著她們，取出了智慧手機。

她本想打個電話，突然想到對方可能還在睡覺。

於是便只用簡訊傳了一句『是同班喔——』。

差不多中午的時候，收到了回覆。

回覆是來自「夕陽與夜澄的高中生廣播！」的編劇，朝加美玲。

朝加的訊息寫著『同班啊，恭喜哦』。

由美子雖然反射性地想打些字否認，但最後只回說『太好了』。

這天也是高中生廣播的錄音日。

由於上午就放學了，由美子便與包含若菜在內的新同學去逛街，開心地玩了一輪後才前往錄音室。

「喔。」

進入錄音室前，就在由美子經過便利商店前面的時候。

「是小玖瑠。」

她不經意往裡頭瞄了一眼，結果發現了熟悉的面孔。

是柚日咲芽玖瑠。

即使有段距離，她也不可能看錯那惹人憐愛的樣貌。

嬌小的身材配上巴掌臉，和那豐滿的胸部形成了反差。

周到的妝容讓迷人的臉更加可愛，甚至還增添了性感。

由美子雖然沒事找她，但還是走進店裡。

她本想自然地搭話，但一看到芽玖瑠毫無防備的背影，就不斷湧起想惡作劇的念頭。

此時，由美子想起自己曾被千佳嚇到好幾次。

於是，她從後面緩緩靠近芽玖瑠，將手放在雙肩上，在耳邊輕聲低語。

「小玖瑠——……？」

「嗯咿……！」

芽玖瑠頓時猛然舉起雙手，同時也用力挺直腰桿。

然而，她立刻渾身癱軟，把手撐在膝蓋上。

她滿臉通紅地回頭，但表情卻因為剛才那種心癢癢的感覺而變得很好笑。

「歌種……！」

「哇哈哈。如何？我的聲音有讓妳酥麻嗎？」

「怎、怎麼可能啊，妳、妳別說笑了。根本沒用好嗎！」

她的雙腿在顫抖，感覺隨時都會站不穩。眼角還有點泛淚。

根本是在逞強。

是說，效果也太好了吧。

「我的聲音也是有價值的嘛。」

「妳真的別太過分喔……快點買完東西滾去別的地方。」

芽玖瑠狠狠瞪了她一眼，揮了揮手趕她離開。

但就算要她買東西，由美子也不是為此而來。

「我只是看到小玖瑠就過來看一下而已，沒有要買東西喔。」

「什、什麼啦……這、這麼露骨的粉絲福利……我、我可不會被騙喔。」

芽玖瑠開始語無倫次，把視線重新投向陳列架。

甚至還紅到耳根子了。

不過，這其實不算什麼粉絲福利。

由美子也不希望揶揄的尺度沒拿捏好而真的惹她生氣，於是就跟她一起看陳列架。

「飲料？小玖瑠，妳要買什麼？」

「…………唔！」

芽玖瑠注意到由美子的臉很近，頓時抖了一下，然後立刻拉開距離。

她狠狠地撞上了陳列架。

回過神後，她才猛然意識到自己做了什麼。

芽玖瑠露出不甘心的表情，臉變得更加通紅。

由美子見狀，連她都不得不露出傻眼的表情。

「小玖瑠……妳又不是青春期的男生。我知道妳太喜歡我了，但妳能不能正常一點？」

「妳妳妳妳、妳好囉唆！都、都怪妳老是做些奇怪的事情……！既、既然妳知道自己受人喜歡，就該有點分寸，笨蛋……」

芽玖瑠移開視線，同時快速地整理頭髮。

哇——好可愛。

這個前輩真的很療癒呢。

雖然還想再多聊幾句，但畢竟沒有東西要買，差不多該閃人了。

當她這樣想，芽玖瑠拿起了一瓶礦泉水。

此時由美子總覺得有點不想離開，便調侃了芽玖瑠。

「嗳嗳，小玖瑠。也幫我買瓶飲料嘛～」

「啥啊？不要。為什麼我得落魄到請妳飲料不可？自己買。說真的，妳最近對我有點太親密了。而且……」

「咦——既然小玖瑠不給我買就算了。」

「……………」

由美子沒兩下就放棄，隨後芽玖瑠便面露難色。

芽玖瑠微微動著嘴，帶著怨氣望向這邊。

她糾結了一會兒，最後還是妥協了。

「真是的！哪個！快點選！」

「耶——謝謝小玖瑠——我最喜歡妳了。」

「我討厭妳！」

由美子聽著她憤怒的叫喊，開始選飲料。

由於心情上想喝甜的東西，於是她把手伸向摩卡咖啡。

「……歌種。要喝那個的話，這種的更好。選那個就好嗎？」

由美子望向芽玖瑠指的地方，該處放著由美子手上商品的升級版。

那東西上面寫著兩倍什麼的，價格比較貴。

「咦，不用啦。那個是很好喝，但很貴耶。妳看，都超過兩百圓了。」

「……難得要喝，妳就選這個吧。」

芽玖瑠低喃了一句，拿起了貴的那種。

儘管這份體貼讓由美子很開心，但她無論如何都想補上一句。

「小玖瑠啊……」

「我知道啦！我有自知之明！別講出來！」

兩人離開了便利商店，直接走向錄音室。

她今天似乎也要錄廣播。

由美子在芽玖瑠旁邊走著走著，突然想起來有事情要告訴她。

「話說小玖瑠，乙女姊姊看起來已經沒事了。謝謝妳之前不厭其煩地陪我們商量。」

櫻並木乙女暫停活動時，把秋空紅葉的事情告訴由美子她們的，正是芽玖瑠和花火。

假如沒有她們幫忙，就沒辦法促成這個結果。

由美子想起自己還沒為此道謝。

芽玖瑠聞言，只是稍稍瞥了她一眼，面無表情如此嘟囔：

「沒什麼。當時是花火說要陪妳們商量，我什麼也沒做。」

「這樣啊。謝謝妳。」

「妳有在聽我說話嗎？」

芽玖瑠以凶狠的眼神瞪視由美子。

由美子早就知道芽玖瑠會這麼說。

即使如此，她還是想告訴她這件事。

她們來到入口，也是時候要告別了。

就在這時，由美子忽然想起一件事。

「對了，小玖瑠。我有點事情想找妳商量，方便的話，下次能聽我說一下嗎？」

「咦……」

芽玖瑠皺起眉頭。

由美子感覺到她與之前不同，並不是一時當機，而是真心感到疑惑。

「要商量什麼啦？好可怕……難道妳又栽進什麼麻煩事情裡頭了嗎……？不要這樣啦。我都覺得加賀崎小姐很可憐了……」

「不、不是妳想的那樣啦！只是想問畢業的出路！就只是想問問前輩的意見而已！」

由美子嘴上如此辯解，內心也因為連芽玖瑠也把她視為問題人物而沮喪。

不，雖說會被芽玖瑠嫌棄，也都怪那些麻煩事情就是。

芽玖瑠臉上疑惑的表情維持了一會兒，不久她便一臉嫌麻煩地搖了搖頭。

「不管怎麼樣，別開玩笑了。為什麼我必須要陪妳商量啊？」

「不是，這個嘛……也對——……抱歉，妳就忘了吧。」

儘管要到處問各種人的看法，但商量這種事本來就會帶給對方負擔。

由美子當然也想問問芽玖瑠的想法，但不能勉強別人。

所以她立刻放棄了，但不知為何，反而是芽玖瑠沒有釋懷。

她的眼神變得很銳利。

「……歌種，妳是怎樣？這是什麼新的花樣嗎？稍微收回去一下那種的。推了又推，然後又稍微收回去，再繼續推那種的。妳學會怎麼談判了嗎？」

「啥？不是，妳在說什麼啊？」

芽玖瑠說著莫名其妙的話，隨後突然一臉不甘地大吼。

「這種事情，去對沒那種意思的人做啊！別對原本就超喜歡夜夜的人做這種事！妳還想讓人更喜歡妳嗎！妳是壞女人嗎！別露出那種罕見的表情！別這樣！不，我可是很討厭妳的喔！」

「我只是很普通地道歉而已，為什麼非得對我興奮啊……」

讓她買飲料給自己時，確實是用了有些不同的感覺捉弄她。

但剛才那個只是再普通到不行的舉動啊。

光是這樣就莫名其妙加了好感度，也會讓人很困擾的。

妳是不是太喜歡人家了？

由美子不禁對此感到傻眼，隨後芽玖瑠發出像是放棄了一樣的聲音。

「……好啦。下次時間配合得上的話就陪妳吧。」

「咦，可以嗎？這樣我是很開心啦。」

「我說要時間配合得上啦！我可是發自內心祈禱配合不上的。」

她撂下這句退場臺詞後，拖著沉重的步伐走進入口。

雖然搞不太懂，但她似乎願意陪自己商量。

由美子對芽玖瑠離去的背影喊話。

「小玖瑠——謝謝妳——」

由美子舉起芽玖瑠幫自己買自己的摩卡咖啡，笑容滿面地不斷搖晃。

隨後，芽玖瑠擺出「嗚」的表情，臉又紅了。

她什麼也沒說，就這樣快步地在走廊上前進。

「好，我也要努力錄音。」

由美子感謝著分給自己大量活力的前輩，在錄音室裡前行。

高中生廣播的錄音一如往常地結束了。

在錄音間閒聊了一陣子後，準備回家的由美子在走廊上移動。

就在這時，她在轉角處撞到了別人。

「哇噗！」

「啊，對不起。」

看樣子是對方沒有看前面。

這個人剛才好像在小跑步，所以是以非常快的速度撞上的。

由美子連忙跟對方道歉，一看過去才發現她是個嬌小的可愛女孩。

由於頭髮飄了起來，可以清楚看到她漂亮的臉蛋。

啊，這女生好可愛——由美子才剛這樣想，就發現這個人是千佳。

千佳撞到由美子後，腳步稍微不穩了一下。

然後，她驚訝得將眼睛睜得老大。

「喂，渡邊。妳怎麼用跑的啊？忘了東西？就算是這樣也很危險吧。妳又不是小孩了……幸好今天是撞到我，不然——」

儘管由美子開始說教，千佳卻沒認真聽。

不僅如此，她還用雙手隨便地就直接往由美子的胸部抓下去。

「……等一下？妳為什麼突然摸別人的胸部啊？妳的國家難道有教妳在被人訓話的時候要揉對方的胸部嗎？」

「靠墊。」

「才不是靠墊咧。別把人家的胸部當成安全氣囊啦。妳到底是怎樣……」

千佳一臉心不在焉，繼續揉著胸部。正當由美子見她這樣不知該如何是好時，千佳突然回神。

她回頭望向背後，這次抓住了由美子的手。

「等一下，佐藤……！有沒有地方能躲的？剛才我在走廊裡走的時候，看到對方朝著我過來……」

千佳發出帶有焦急的聲音，看著後方。

她在躲著什麼人嗎？

那人究竟是誰？

由美子露出疑惑的表情望向千佳的背後，下一刻對方就出現了。

「啊————！夕陽前輩————！」

從對面傳來活力充沛的聲音，千佳的肩膀頓時顫了一下。

那個人以飛快的速度朝這邊衝過來，朝著千佳的身體狠狠地撞上去。

「唔呃！」

「夕陽前輩——！真巧呢！咦，今天是來錄音嗎？還是有廣播節目？已經結束了嗎？還是待會兒才要開始？哇——能見到前輩真教人開心～！我也是接下來要去錄音，現在還有點時間，要不要來聊天呢？來嘛，前輩前輩前輩～！」

情緒亢奮地纏著千佳的這個人，是和千佳一樣嬌小的少女。

她是個很適合圓潤短鮑伯頭，感覺男孩子氣的女生。

臉上的每個部位都有著漂亮的形狀，儘管長相稍顯稚嫩，卻也是個驚豔的美女。

不僅可愛，還很親近人。

不難想像班上的男生偷偷暗戀她的那個畫面。

「啊！是夜夜前輩！夜夜前輩，辛苦了！既然夜夜前輩也在，就是高中生廣播對吧！」

她注意到由美子這邊，在抱著千佳的狀態下低頭行禮。

千佳雖然覺得這樣很煩，但似乎也沒打算抵抗。

因為即使抵抗，到頭來也會屈服在她的蠻力之下。

「小結衣，辛苦了——妳的制服變了，所以現在已經是高中生了嗎？」

「啊，沒錯——制服也換成新的了！我現在和兩位一樣，是高中生了！」

結衣雙手扠腰，挺起胸膛哼了兩聲。

儘管她穿著黑色的水手服，但尺寸似乎有點大，衣服顯得比較寬鬆。

她大概是看準自己將來會成長，特地買了大件一點的，但由美子覺得她不會長那麼高。

雖說她才剛升學，這樣講或許也是理所當然，但她的外表看起來不太像高中生。

水手服外面披著一件眼熟的刺繡運動服。

那件運動服的背後繡有可愛的貓咪。

她總是穿著這種刺繡運動服，還一臉驕傲地說「很帥吧！」。

由於興趣是在泳池游泳，看得見肌膚上面有些許曬痕。

高橋結衣。

她是隸屬於藍王冠的新人聲優。

出道第二年，目前高中一年級，是個非常年輕、而且非常清新的新人。

這幾年來，藍王冠出道的聲優多半都會用藝名，她卻以「感覺要很辛苦才能習慣」為

由，選擇用本名活動。

由美子與她交談過幾次，感覺她是個可愛的後輩，不過……

「啊！夕陽前輩，妳要去哪裡～！難得見面，我們來聊天嘛～！請和我聊天嘛～！」

眼見千佳打算偷偷逃走，結衣以驚人的氣勢從後面抱住了她。

千佳再次「唔呃」了一聲，但結衣絲毫不以為意。

她用亢奮的聲音，滔滔不絕地說道：

「前輩前輩！上次我看了Phantom的最後一集！夕陽前輩的演技真的好厲害！我真的是從頭哭到尾！前輩果然很厲害～！我更加尊敬妳了！」

「嗯……噢，這樣啊……謝謝……那個，高橋小姐。這裡是走廊，聊太久也不太好，最重要的是，麻煩妳別抱著我……」

「啊，知道了！那前輩，我們換個地方吧！要去哪裡比較好？」

「嗯嗯嗯嗯……」

面對不斷朝著自己發動攻勢的後輩，千佳絲毫不隱藏她那困擾的表情。

感覺就是看到有人這麼親近自己，反而不曉得該怎麼應對。

無法順利避開，話雖如此又不能強硬地拒絕，所以只能選擇逃跑。

「……佐藤……佐藤。」

千佳小聲向由美子打暗號。

可以看得出她正拚命地用眼神說話。

畢竟彼此的交情已經超過一年以上，由美子自然明白她在喊「救命」。

雖說能明白。

「那麼小結衣，我就先走嘍～下次見～」

「啊，夜夜前輩，辛苦了！來，夕陽前輩，我們要去哪聊天呢？哎呀——因為我太早來了，很高興夕陽前輩願意陪我呢～」

「……唔！佐、佐藤……佐藤……」

千佳露出絕望的表情，不斷呼喊名字，但由美子華麗地無視掉了。

她目送就這樣被拖走的千佳之後，一個人在走廊笑了起來。

平常很難看到千佳的那種表情。

更不用說她會如此直接地自己求救。

「不過……渡邊也變得圓滑了呢。」

由美子笑了一會兒之後，如此嘟囔。

如果是剛相遇時的千佳，想必會更冷淡地對待結衣，說不定還會說什麼過分的話疏遠她。

「很煩人呢。雖然不知道是聲優還是什麼的，但為了那種東西吵吵鬧鬧，真像傻瓜。」

她想起第一次跟千佳吵架的那時。

不說由美子，千佳連對若菜和木村也總是一臉帶刺，不願讓周圍接近自己。

之前若菜也說「現在的小渡邊感覺比較圓滑，或許能處得來」，與渡邊打好關係。

結衣會開始纏著千佳，似乎也是這幾個月的事情。

這代表千佳也成長了不少吧。

「嗯？」

由美子走到大廳，便發現了熟悉的面孔。

那個人坐在設置於大廳的沙發上，正在玩著智慧手機。

或許是注意到了由美子的視線，她抬起頭，與由美子四目相接。

對方喔了一聲，微微舉起手。

由美子見狀，表情頓時開朗起來，湊到了她身邊。

「辛苦了，大野小姐。妳居然會待在大廳，是怎麼了嗎？」

「噢，因為錄音剛結束，我在這裡稍微等個人。我想那邊差不多也要結束了。」

她瞥了一眼手錶。

大野麻里。

這位前輩聲優是第二代泡沫美少女的主角，在Phantom裡也有與她共同演出。

她是由美子尊敬的聲優之一，由美子在Phantom的錄音現場受了她不少照顧。

由美子陷入苦戰的那最後一次錄音，她和森出於善意，一起參加了獨立錄音，從旁協助了由美子。

坐在沙發上的只有大野，而她說是在等人。

此時，由美子沒有多加思索便開口了。

「那個——大野小姐。既然這樣，在妳等的人來之前，可以先陪我聊一下嗎？」

聽到由美子的請求，大野輕輕發出笑聲。

「怎麼啦，歌種？妳在現場以外的地方還挺親近人的嘛。可以啊。」

「太好了。」

由美子坐到了大野旁邊。在Phantom的現場，她完全沒有餘裕，沒能和前輩好好交流。

再加上大野公開說過「只想和會留在業界的聲優交流」。

因此，在Phantom的現場幾乎都沒能說到話。

然而，大野卻擺出了傻眼的眼神。

「我是說可以聊沒錯，不過像我這種阿姨，應該沒什麼話題能和歌種這樣的年輕人聊喔。」

「妳在說什麼啊。我有好多話想跟大野小姐聊喔。」

說是阿姨，但大野的長相年輕得不像是個快五十歲的人。

今天的打扮是米色的夾克和緊身褲。

由於她身材纖瘦，個子也高，搭配起來相當適合。

這讓由美子率直地覺得真是帥氣。

大野微微聳肩，像個小孩那樣將雙手環在後腦勺。

「不過歌種，要從我和森兩個人選的話，妳會選森吧。」

「這樣確實是選森小姐。」

「喂。」

大野惡狠狠地瞪了她一眼，隨後卻笑得很開心。

她低喃了一句「不錯嘛」，隨後望向由美子的臉。

「所以，要聊什麼？難不成有什麼事想跟我商量嗎？」

「不，並不是……啊！不對，還是請妳聽我說說，給我意見好嗎？」

原本由美子只是想聊個天，但大野那番話讓她想起母親說過的事。

最好找業界的各種前輩商量。

既然大野願意聽自己諮詢，那就恭敬不如從命吧。

「我今年就是高三了。然後，我現在有點煩惱畢業後的出路……」

高中畢業後，是要專職當個聲優呢？還是該繼續升學呢？

由美子把之前與其他人商量過的內容告訴了大野。

「大野小姐覺得呢？」

「基本上，歌種妳有辦法好好念書嗎？現在開始準備能考得上大學？」

「這個嘛。比較好的大學是沒辦法，但現在好好專心準備的話，我覺得應該能考得上一般的大學。」

「明明是這個打扮？」

「啊。大野小姐，妳是覺得所有辣妹都不會念書對吧？其實我還算挺認真的喔。」

「這個嘛……我是知道妳很認真啦。」

大野搔了搔鼻子心想「是這樣嗎？」。

隨後，大野「唔——」了一聲，稍微歪了歪頭，接著開口說道：

「我是覺得不上大學也沒關係吧？因為從我的角度來看，好處與壞處根本不成對比。」

她豎起兩根手指，在眼前晃啊晃。

「就算上了大學，也很難說這樣算不算是個備案。假如妳接下來在兩三年後放棄當聲優，大學三年級開始找工作，這樣當然是最好上個大學啦。不過，妳肯定也不會那麼早就徹底放棄吧。就算要放棄也是在很久以後，某天突然下定決心說『乾脆去工作吧』。這樣明明投入了四年，卻被蓋上畢業後毫無工作經歷的標籤，應該也沒什麼好處吧。」

大野滔滔不絕地如此說道。

聽到與想像不同的切入點，由美子當下沒辦法搭腔。

大野沒有理會，繼續說下去：

「歌種，妳今年是第四年來著？明年就第五年了吧。第五年到第八年非常重要，是很需

要努力的時期吧。如果妳是全職，就能比學生更加埋首於工作之中。我覺得如果妳願意重視自己的成長，乾脆地把這四年當作對未來的投資，這樣就算不升學也無所謂喔。」

如此總結後，她看了一下時鐘。

看來似乎還有時間，她便對由美子露出了壞心眼的笑容。

「我說這種話讓妳很意外嗎？」

「嗯，是……老實說是這樣。」

「雖說大家都認為我什麼都沒想，但我其實也是會思考思考不少事情喔。畢竟不思考的話，就沒辦法在這個業界留到現在嘛——」

由美子雖然不認為她什麼都沒在想，但也覺得她是個更靠直覺的人。

然而，大野說得沒錯。

這個人靠著一己之力，渡過了名為聲優業界的驚濤駭浪。

不可能什麼都沒想。

「我當時是升學了，但老實說，我現在會覺得不去也無所謂呢。或許是現在能靠聲優這行吃飯才能這麼想吧。不過，要是我當初在那四年全心投入工作的話，現在應該會更……」

大野像是自言自語一樣如此低喃，但很快就沒再繼續說下去。

她的眼眸正在看著遠方。

而且，還閃爍著強烈的光芒。

大野沉默了一會兒後，像是重新打起精神那樣，咧嘴一笑。

「話說歌種，妳看過Phantom的最後一集了嗎？」

「……是看了。」

她支吾其詞的理由很簡單。

由美子不希望聽到大野稱讚夕暮夕陽。

她覺得那個演技很出色。

她也感動了，能坦率地說她很厲害。

但是，如果從大野麻里這位聲優的口中聽到對千佳的讚美，她一定會十分不甘。

像是連同這樣的情感也看穿了那般，大野笑了。

「哎呀，真厲害呢。那傢伙成長了啊。而且是飛躍性的成長。經過最後一集，她今後想必還會繼續成長吧。歌種最後的演技也很不錯……但完全被她壓過去了呢——」

「大野小姐，妳對聲優的勞動環境有什麼想法？」

「妳岔開話題的方式也太明顯了。別突然提到那種莫名讓人想討論的話題啊。」

大野輕輕笑了一下，然後把視線望向電梯。

「歌種，妳特別在意夕暮吧。就像是競爭對手那樣——」

「咦？為、為什麼？」

由美子頓時語塞。

下一刻，大野以傻眼的目光望向她。

「還問為什麼，當然看得出來啊，妳們彼此都不斷散發出一種『超在意彼此』的氣場了，難道妳以為藏得很好嗎？就連國中生都比妳們還會隱藏自己內心的想法。」

「…………」

自己與千佳在意著彼此的這件事，看在周圍的人眼裡似乎是一目了然。

好難為情……

沒想到在旁人眼裡，竟然會被認為「啊，很在意對方呢——」……

之前芽玖瑠也曾指出同樣的問題，但畢竟由美子與她相處的時間也很長。

大野只是和自己一起錄音過幾次，想不到就連她都看得出來……這樣不行啊……

由美子內心因羞恥而苦悶。但大野對此並不知情，繼續把話說下去。

「不過，有競爭對手是好事喔。這件事絕對是正面的。但是啊，歌種。作為前輩，我得先好好忠告妳一句。」

大野講話的口氣十分輕鬆，但接下來說的這番話卻很有分量。

「如果妳想當夕暮的競爭對手，就不能把輸掉當成理所當然。」

這一句話，重重地刺痛了她的胸口。

就像是準確地刺激到了自己的弱點。

眼見由美子不發一語地等著下一句話，大野靜靜地吐了口氣。

「所謂的競爭對手，就是要有競爭才能成立。如果其中一人習慣落在後面，那就不再是競爭對手了。這樣對雙方來說都是損失。」

「那當然……我也是這樣打算的。」

這句話之所以說到後面愈來愈小聲，是因為由美子才剛因為Phantom的最後一集嚐到挫敗的感覺。

她當然不打算就這樣善罷甘休，但還是沒能做出爽快的回應。

隨後，大野一臉開心地笑了。

「意思就是輸多贏少也無所謂，能贏的時候就要贏。就像白百合那時一樣。」

這句話——讓由美子的胸口猛然揪緊。

聽到尊敬的前輩這樣說，不可能不開心。

「持續當彼此的競爭對手，可是相當累人的呢——但這種疲憊的感覺對成長來說是有必要的喔。這可是面對怪物級的對手還拚命緊咬著不放的我說的，多少還是有點說服力吧。」

怪物。

由美子知道她在說誰。

是森香織。

與大野同一個世代，現在依然是活躍於第一線的人氣聲優。

如同大野稱讚她為怪物那樣，她擁有驚人的演技，還能將豐富的聲色分別做出不同的詮釋，是個真正的怪物。

「大野小姐的競爭對手，果然是森小姐嗎？」

「意思是我也曾有過那種時期啦。哎呀，當時還真年輕呢。」

大野拍著大腿，笑得莫名開心。

她的表情非常柔和。

就像是在講述真正重要的事情一樣。

「大眾的人氣或是接到了什麼角色之類的，這些事情當然很重要。但重要的不只這些。雖然比較像是只屬於對方和自己的那種，非常私人的關係，但是珍視這種關係其實也意外地不錯喔。」

儘管這番話聽起來很抽象，但其中的含意確實地傳達給由美子了。

重要的是，大野述說著這番話時，她的側臉看起來十分美麗。

大野露出好似少年那樣的笑容，晃著身體。

「而且啊，歌種。當我贏過森的時候可是超級痛快的喔。因為那傢伙會明顯變得很不爽。一下子就會表現在態度上。看到她的反應，我就會痛快得不得了，晚上喝的酒都變得更好喝了呢。」

「咦，森小姐嗎？」

完全無法想像。

由美子所知道的森既安靜且面無表情，感覺對演技之外的事情完全沒有興趣。

她竟然會不爽……咦——會是什麼樣的感覺呢……由美子正沉浸在自己的想像時，大野「唔」了一聲，取出手機。

「啊，她那邊好像剛結束，說差不多要來了。」

「啊，那我讓一下座位。」

由美子慌忙起身。

讓大野陪自己的時間也只是在她等的人來之前。

由美子鄭重地感謝她願意陪自己商量並聽她說話，隨後打算離開這裡。

「歌種。」

這時，她被叫住了。

她回頭望去，大野正輕輕地揮著手。

「今天雖然不行，但下次一起去吃個飯吧。」

「！」

大野邀請自己吃飯了！

這對由美子來說意義重大。

畢竟，大野宣言過「不想和無法留在業界的聲優一起玩樂」。

也就是說，她既然都邀請自己吃飯——可以認為她的意思是那樣吧。

在Phantom的錄音現場，由美子獲得了類似的評價。

千佳也告訴過她這件事。

但是，察覺這件事與聽到本人親口說出，是截然不同的。

由美子的表情不禁豁然開朗。

她取出智慧手機，同時跑向大野。

「我要去我要去，我想去！什麼時候去？是說大野小姐，我們交換聯絡方式吧。請告訴我什麼時候方便？」

「好、好啊……咦？妳還真積極耶。是無所謂啦……不對，歌種。若我剛才只是講客套話妳要怎麼辦？」

「我不太懂什麼是客套話呢。明明不打算去還主動邀約，會讓我覺得這是不是在玩猜謎喔。」

由美子一邊說一邊操作手機。

隨後，大野也緩緩綻出笑容。

她拍了拍由美子的肩，遞出手機。

「知道了，知道了。我最近一定會找妳的。妳這傢伙真的很有趣呢。」

由美子雖然不知道自己為什麼被評價說很有趣，但她很高興看到大野對自己露出笑容。

然後，正在她們交換聯絡方式時。

大野看著手機，不知為何說出了這樣的話。

「話說，歌種。妳知道高橋結衣這個聲優嗎？」

「？知道啊。我們剛才還在走廊見到，稍微聊了一下。」

「啊。妳認識嗎？這樣啊。」

剛才大野明明講起話來直言不諱，但話題剛轉到結衣身上，她的話就突然減少了。

明明是大野主動提起的，這到底是怎麼回事？

「小結衣怎麼了嗎？」

「不是。因為剛才提到有趣的後輩，我就想起了這個人。妳跟她有共同演出過嗎？」

「有喔。不過我們都是小角色，只有很久以前共演過一次。」

因為結衣很親近地來打招呼，由美子就是當時認識她的。

儘管由美子後來沒有跟她共同演出的機會，但偶然遇到的時候都會向彼此搭話。

她是個可愛的後輩，要說有趣的話確實是很有趣沒錯……

但大野特地提起她，讓由美子感覺有點不自然。

「這樣啊。不，抱歉。只是想稍微問一下。」

大野這樣說著，然後笑了。

這讓由美子沒來由地覺得不該再繼續追問。

「聽一下聽一下——今天有來賓喔。立刻請妳自我介紹吧——」

「大家早！我隸屬於藍王冠，入行第二年，名字是高橋結衣！尊敬的人是夕暮夕陽前輩！請多多指教！」

「好大聲。」

「精力也太旺盛。」

「咦，怎麼了怎麼了？難道這是在客場的感覺嗎？我可是非常期待今天的喔——居然能跟夕陽前輩一起錄製廣播節目，我好開心喔！」

「好大聲。」

「我覺得小結衣是個非常好的孩子，但是對女人還真不挑呢。聽說妳很尊敬夕？」

「沒錯！因為她真的很帥不是嗎！不僅很酷，演技也很棒！都讓我想說『啊，我要一輩子跟隨這位前輩！』呢。」

「聲音和形容都好誇張。」

「妳形容的那個夕暮夕陽，大概和我知道的夕暮夕陽不是同一個吧。」

「咦——？可是夜夜前輩不是也很尊敬夕陽前輩嗎！之前在廣播裡面還寫信。」

「太大聲了！」

「哎呀，就是啊，耳朵都在嗡嗡作響呢。換個話題吧。呃——小結衣現在才入行第二年吧？習慣工作了嗎？」

「哎呀——完全沒有！我是國中的時候才知道聲優這個工作的，當時想說滿想當聲優的，所以去了現在的經紀公司，做了好多事後就成功當上了——大概是這種感覺。那段期間可是很辛苦的呢～」

「……藍王冠是那麼簡單就能進去的嗎？」

「不，我聽說反而算是嚴格的。我也嚇了一跳。」

「總覺得小結衣有點與眾不同呢。也沒什麼隸屬於藍王冠的感覺。而且還用本名活動，在藍王冠的新人當中也算少見的吧？」

「啊，就是啊——用藝名的人可能比較多。我一開始也預定是要用藝名的，但感覺會搞混呢——啊，可是如果能讓夕陽前輩幫忙取個字，用藝名好像也不錯？」

「太沉重了啦。」

……………………

「妳真的很尊敬她呢……」

「那當然嘍！畢竟夕陽前輩還是我的恩人！我去年完全接不到工作！但自從參考了尊敬的夕陽前輩的演技之後，工作就有一點一點地增加！實在是非常感謝夕陽前輩！而且，這次不是還要共同演出嗎——」

夕陽與夜澄的高中生廣播！
YUHI to YASUMI no KOUKOUSEI RADIO!

to be continued……

第54回「夕陽與夜澄的高中生廣播！」請了來賓。

與千佳同樣隸屬藍王冠的高橋結衣。

她會來做來賓的原因是簡單明瞭。

那就是宣傳。

「啊，小結衣。好像差不多該宣布了喔。」

眼見朝加指示要進入下一個環節，由美子把話題轉給結衣。

結衣原本正熱衷地闡述著千佳的魅力，聽到這句話頓時回神。

她開始慌張地翻著自己的劇本。

「我知道了！呃，本人高橋結衣，將會飾演『魔女見習生瑪修娜小姐』的主角瑪修娜！這是我第一次主演，我會努力的！請各位多多指教！」

接著，千佳看向自己的劇本。

「然後，我，夕暮夕陽將會扮演主角的摯友克菈麗絲。」

「而我，歌種夜澄要扮演同為摯友的希薾——而且，也決定會每週播放『魔女見習生瑪修娜小姐』的特別回顧節目嘍。我們三個人會出場，所以請各位務必確認喔。」

……就是這樣。

結衣會突然被叫到了高中生廣播當來賓，是因為這樣可以聚到三個主要角色。

飾演主角的結衣笑嘻嘻的，看起來一臉開心。

「哎呀～能這三個人一起錄音就很令人期待了，竟然還要推出特別節目！真是超開心的！夕陽前輩，請和我好好相處喔！」

「……是是是。朝加小姐，差不多可以結束了吧？」

「前輩。妳好冷淡喔，真是的！」

「…………？」

千佳和結衣的對話看起來並沒有那麼奇怪。

原本千佳就對結衣比較冷淡，可是結衣被這樣對待看起來依然很開心。

但是，就只有那一瞬間——從千佳的表情中可以看到一絲陰霾。

那恐怕是任誰都沒有察覺到的細微變化。

然而，由美子認為自己目擊到了那一幕。

話雖如此，這樣的變化並沒有引起問題，錄音順利結束了。

「哎呀～辛苦了！真令人開心！」

結衣露出猶如太陽那般的笑容。

既開朗又可愛，如此表裡如一的人實在少見。

她用和錄音時相同的情緒繼續說道：

「那個那個！雖然算不上是慶功，但待會兒要不要繞去哪裡晃晃呢？不管是喝茶還是吃飯都好！如何？」

她的眼睛閃閃發亮，來回看著千佳和由美子。

由美子雖然對此是樂意之至，但千佳就不好說了。

由美子望向旁邊的千佳，發現她指向了錄音間外面。

「啊，我還有下一份工作。妳看，經紀人也在等我。」

站在那裡的是夕暮夕陽的經紀人，成瀨珠里。

她正以有些為難的表情點頭打招呼。

由美子頓時會意到「啊，她肯定在撒謊」。

甚至有可能是為了逃避結衣而把成瀨叫來這裡的。

「咦？是這樣啊……真遺憾。」

結衣不疑有他，失落地垂下肩膀。

看到她如此老實地相信，千佳或許是湧起了罪惡感，悄悄移開了視線。

結衣沮喪的模樣很可愛，但她隨即「嗯？」了一聲歪著頭。

她將目光往上抬，看向千佳。

「可是前輩，妳下一個工作不是錄音吧？」

「咦？啊，呃……是、是啊。」

千佳依舊沒有看向她，尷尬地如此回答。

隨後，就在這個瞬間，結衣猛然把臉靠過去。

「可是，那應該不是現場直播的節目。接下來這段時間的直播，沒有前輩預計要出場的節目。是要錄廣播之類的嗎？那也不可能。夕陽前輩現在的帶狀節目只有高中生廣播，應該也沒有預定要去當來賓吧？」

「…………」

結衣窺視著千佳的臉，滔滔不絕地講著可怕的話。

就像是在表示「沒有我不知道的事情」。

千佳被她的氣勢壓倒，結衣更是進一步把臉湊近。

「——前輩，妳真的有工作嗎？」

好可怕。

咦？好可怕。突然間是怎麼了？真希望她別這樣。

後輩是可愛又老實的好孩子，現在卻由於那沉重的愛意變得十分危險……

我可不想看到這種發展啊……

由美子被結衣的反應嚇到，而千佳也同樣嚇到了。

由美子觀察著狀況，想說她會怎麼做，結果千佳呵呵地笑了。

「那、那麼，高橋小姐。妳、妳的意思是，我在說謊？妳、妳想這麼說嗎？噢、噢——

妳、妳還真是、不、不相信我呢。」

根本就是在說謊嘛。

是說，妳聲音都高了八度，還口齒不清的，幹嘛裝得游刃有餘啊。

這傢伙依然是那麼不擅長呼嚨人啊……

由美子忍不住在心裡這樣吐嘈，但結衣其實也很那個。

結衣聞言後，開始語無倫次了起來，慌張地說著：

「不、不是，那個，我沒、沒有那個意思……！不、不是的，剛才那個，只、只是確認！我，不、不覺得夕陽前輩是會說謊的人……！」

「這傢伙一年前騙了所有粉絲喔。」

「夜。」

由美子忍不住插嘴，千佳聽到後狠狠瞪了她一眼。

妳不也一樣嗎？別管那麼多，快點閉嘴——她的眼神裡注入了這樣的訊息。

千佳忽然放鬆力氣，拍了拍結衣的肩膀。

「沒錯。我不會說謊。也從沒說過謊。所以我不能陪妳去逛並不是謊言。懂了吧？」

「好的。夕陽前輩，不會說謊，從沒說過謊。所以不能和我玩。聽懂了。」

結衣連連點頭。

看她反應那麼強烈，感覺就算跟她說「在這裡按一下指印吧」她也會照做。

或許是因為結衣過於聽話，千佳頓時露出了尷尬的表情。

她輕輕嘆了口氣。

「……下次若時間配合得上，倒也不是不能陪妳。」

千佳輕輕把手放到了結衣的頭上。

由美子差點就「啊」了一聲。

如同由美子擔心的那樣，結衣的表情頓時變得燦爛起來，甚至有些刺眼。

「～～～！夕陽前輩～！我最喜歡妳了！」

「唔呃。」

結衣順著激昂的情感驅使，正面抱住了千佳。

與其說是擁抱，應該算直接撞過去了吧。

千佳一臉鐵青，露出受到傷害的表情，悄聲說著「我受夠了……」。

「不是，我說真的，妳饒了我吧，放開我，放開我，高橋小姐……」

千佳像是在發出夢囈般苦苦哀求，但結衣依然不願放開，最後她只好拖著結衣離開了錄音間。

「……總覺得，那兩個人真厲害呢。真不知到底是合得來還是合不來。」

一直在旁默默看著的朝加面露苦笑，如此說道。

「夕不在的時候，小結衣其實就是個普通的好孩子呢……」

由美子嘴上如此回答，也開始準備回家。

由於朝加等人接下來也有工作，今天看來是不能聊天了。

由美子無精打采地在錄音室到車站的路上走著。

千佳似乎成功逃離了結衣的束縛，走廊上沒看到她們兩人。

或許是因為沒被後輩如此仰慕過吧，由美子覺得千佳那種招架不住的樣子很新鮮。

「嗯？」

此時，由美子看到了一切的源頭——結衣。

她靠在路邊，正在和某人講電話。

「好好好——了解——我明白了！我會努力的！」

結衣把手機貼在耳朵上，在行事曆上寫著東西。

由於她說話時的動作很大，每當發出聲音，刺繡運動服與水手服的領結就會搖晃。

「啊！夜夜前輩！辛苦了——！」

就在她正好打完電話的時候，結衣注意到了由美子。

她立刻露出開朗的表情，使勁地揮手。

可愛的後輩。

這個詞頓時浮現在由美子的腦海，讓她也自然地綻出笑容。

「辛苦了——結果小結衣妳還是讓夕逃掉了？」

「不、不是逃掉！我們就很平常地告別了！雖然她好像是用很雀躍的步伐跑掉的就是！先不說這個，夜夜前輩，要不要跟我去喝杯茶呢？」

「我是夕的備胎？」

「是備胎！因為我最喜歡的是夕陽前輩！」

她用力舉起雙手，把別人稱為備胎。

由於彼此都知道這是玩笑，所以她們互相露出了放鬆的笑容。

由於結衣說「想吃好吃的甜點！」，為了回應她的期望，她們坐上電車。

「話說回來，夜夜前輩。妳看過『瑪修娜小姐』的行程表了嗎？」

結衣抓著吊環，壓低聲音這樣說道。

因為要說工作的事情，她有留意別讓人聽到。

「啊——看了看了。嚇了一大跳呢。」

「就是啊！我看到之後也叫出來了。」

從加賀崎那邊聽說「魔女見習生瑪修娜小姐」的狀況時，最先出現的就是這個問題。

加賀崎也說過「可能不太妙」的這個問題。

那就是——

「每週要錄音兩次，是很少見的吧？我一直覺得錄音是每週一次，嚇了一跳呢。」

結衣把手指抵在臉上，歪著頭如此說道。

沒錯。

對方知道由美子、千佳以及結衣的行程空著，便安排每週錄音兩次。

預定要僅花六週的時間就錄完一季的動畫。

「我是有因為行程的關係得錄兩部，獨立錄音的話也有過每週兩次的經驗……但我應該也是第一次要每週錄音兩次……」

雖然有例外，但三十分鐘的動畫要要每週錄音兩次，應該還是少見的吧。

再加上——

「對呀。而且每週還要主持現場直播的特別節目吧？我覺得像這種節目頂多就是在開頭、最後，還有中間？才播的。」

她說的沒錯，特別節目也很多。

預定每週都要做現場直播。

假如這是為了帶動廣播節目的話，那由美子還能理解。

像歌種夜澄演出過的「塑膠女孩」或是柚日咲芽玖瑠的「十人偶像」之類，在動畫播放的時候順便帶出廣播節目的作品比比皆是。

但是，「魔女見習生瑪修娜小姐」終究只是以特別回顧節目的形式，搭配影像進行現場直播。

製作團隊的意思是，希望她們也可以在社群媒體和其他廣播節目當中幫忙宣傳。

正因為這樣，結衣才會以來賓的身分出現在高中生廣播。

由美子對此感覺到某種不太平靜的氣氛，結衣卻是莞爾地笑著說道：

「不過會有那種感覺吧！每週兩次錄音，而且還會錄一次特別節目，這樣會覺得『唔喔喔～！我有在工作呢～！』，感覺很棒呢！」

「我、我懂……」

儘管這種狀況教人十分不安，但確實也讓工作變得更加緊湊。

雖然感覺這樣會很辛苦，但能體會到這種「很辛苦」的感覺，著實教人開心。

「小結衣，我們加油吧。畢竟難得接到了工作。雖說狀況好像有點不妙就是。」

「好的！雖然好像有點不妙！每週竟然能見到夕陽前輩三次之多，我光是這樣就很快樂了！我們一起加油吧！」

結衣她舉起拳頭，或許是要喊「嘿、嘿、噢——！」加油打氣吧。

然而，她似乎想起兩人在電車裡，隨即笑得很難為情地把手收了回來。

「夜夜前輩，辛苦了！我們下次再聊天吧——！」

結衣笑容滿面地使勁揮手，坐著電車遠去。

由美子與結衣稍微喝了些茶，現在正踏上歸途。

她開始獨自從車站朝著自己家走去。

只有路燈照著變暗的住宅區。

路上沒有行人。

由美子聽著自己的腳步聲，不經意地想起了結衣。

「主角嗎……真好……」

這句話不禁從嘴裡冒出來。

高橋結衣是個剛入行第二年的新人。

但是，她卻這麼快就拿到了主角。

飾演主角。

主角。

這個詞很沉重。

由美子也有演過作品的主要角色。

但是，她一次也沒有演過主角。

「小結衣明明才第二年……」

出演作品的主角，是自己的後輩。

這是常有的事，一點也不稀罕。

以前也曾經歷過這種事。

雖然經歷過。

「真好……主角啊……好好喔……」

這件事今天莫名在心裡揮之不去。

「魔女見習生瑪修娜小姐」第一話錄音當天。

這天，由美子與加賀崎一起前往錄音室，千佳似乎也是跟成瀨一起來的。

兩人離開學校時雖然是分頭行動，卻碰巧在入口前撞見了。

「啊，成瀨小姐。辛苦了。前陣子非常謝謝妳。」

「辛苦了！我才是。知道了不少事情，真的是幫了大忙。」

加賀崎面露微笑搭話，成瀨也回以笑容。

她們互相用一種別具深意的視線看向對方，教人非常在意。

「咦？等一下。加賀崎小姐，前陣子是指什麼時候？妳和成瀨小姐說了什麼啊——」

「笨蛋。是工作的事情啦。交換情報。」

「交換情報？」

加賀崎聳了聳肩。

「有各種事情啦。比方說現場的狀況之類的，總之就是各種事情。好啦，由美子。今天的工作或許會很辛苦，妳要鼓起幹勁喔。」

加賀崎說著讓人在意的話，拍了拍由美子的肩膀。

說也奇妙，成瀨也說著類似的話，把手放到了千佳的肩上。

「沒錯。小夕陽也要努力喔。有什麼事的話，要立刻告訴我哦。」

「呃……我是會努力啦。」

看到兩位經紀人與平常的態度不同，兩人都不由得露出疑惑的表情。

有什麼內幕嗎？正當由美子想提問的時候。

「啊！是夕陽前輩！夜夜前輩和經紀人也在！辛苦了——！」

「唔呃。」

結衣在此時登場，撞了千佳。

由美子因此莫名地錯失了提問的時機，五人一起進入了錄音室。

首先，她們為了向工作人員打招呼，前去控制室露了臉。

該怎麼說呢，他們顯得手忙腳亂。

而且是非常亂。

「魔女見習生瑪修娜小姐」的工作人員們顯得莫名慌張。

「長野小姐，長野小姐！我找不到拜託妳的那份資料，妳有帶來吧？沒問題吧？妳、妳沒忘記吧？」

「咦，啊，請、請等一下……那個，對不起，剪輯過的影像最終版是這個嗎……？對、對嗎？」

「我、我確認一下！啊，還、還有那個，副導，要更換劇本的部分最後是怎麼——」

「那、那個我現在正請人幫忙做！到、到時候會送來！比起那個——」

「等等等、等一下啊，副導，這樣不太妙吧——」

「不，因為真的沒有時間了，先別說這個了，趕快——」

工作人員正在慌張地走來走去。

那個現在怎麼了，這個不夠，誰誰誰去哪了，這個沒問題嗎，那傢伙上哪去了，這個可以拜託妳嗎，不好意思，請來這邊處理一下。

這樣的話語此起彼落，每個人都一臉困擾地動著手，到處奔波。

戰場。

這是戰場。

製作動畫時陷入戰場的情況並不少見，但那終究是在製作方面的狀況。

基本上鮮少像這樣滲透到錄音室。

由美子等人看傻了眼，但還是先打了聲招呼。

「我是隸屬於巧克力布朗尼的歌種夜澄，今天請多多指教！」

「我是隸屬於藍王冠的夕暮夕陽。今天請多多指教。」

「我是隸屬於藍王冠的！高橋結衣！今天請多多指教——！」

三位聲優各自打了招呼後，工作人員們的身體猛然一顫。

看樣子，他們剛才並沒有注意到聲優在場。

他們露出遮遮掩掩的笑容，回應說「請、請多指教——……」。

顯然是想把剛才的那雜亂無章的景象蒙混過去。

「早安！每週有兩次錄音，還要主持特別節目，我想會很辛苦，但務必麻煩妳們了！」

當中唯一以宏亮的聲音打招呼的，是一位身穿西裝的男性。

儘管他看起來注意過外貌，但從表情和套裝上可以隱約看出疲勞。

他原本笑容滿面地打算要說什麼，這時智慧手機突然有來電，他說了句「哎呀！不好意思！失陪一下！」便移動到走廊。

然後，從有些距離的地方開始響起聲音，「是！我是業務山內！真的是非常抱歉！」，之後便傳來一連串賠罪的臺詞……

總之，在被叫到之前，由美子等人決定先暫時在大廳待命。

大廳裡也能看到工作人員，但他們也一樣忙得不可開交。

「哎呀——……事情好像變得很不得了呢。這樣沒問題嗎？真令人擔心呢！」

結衣環視四周，精神好得讓人不認為她在擔心。

「哎啊，就是啊。他們看起來很忙呢。看到有人在忙我就想去幫忙……但沒有我能做的事情啊。」

「啊！我很懂這種感覺！那樣會讓人很想去問『有什麼可以幫忙的嗎？』對吧——很可惜的，就是沒有啊……」

「我們能做的就只有提供演技吧。至少就注意一下，降低重錄的次數吧。」

她們一搭一唱地聊著天，在旁守望著忙碌的工作人員。

隨著時間經過，其他聲優也開始進入錄音室，到了後製錄音開始的時間。

由於這是第一次錄音，會先由導演等人向大家問候。

聲優和製作團隊在錄音間裡面對面。

製作團隊向眾人問候時，有時除了導演與音效指導之外，原作者也會在場——但對方似乎沒有在這次錄音過來。

應該說，人數根本寥寥無幾。

根據作品不同，製作團隊的人會排排站好，聲優這邊也會聚在一起，可是現在錄音間裡面卻很空。

儘管出演的聲優不多也是一點，但工作人員那邊只有兩個人。

「各位，辛苦了……我是副導日比野。」

向這邊低頭致意的是個相當年輕的女性。
疲憊的臉上化著最低限度的妝容，頭髮很隨便地紮在後面。
上衣搭配開襟羊毛衫，下半身是女性套裝長褲這樣簡單的打扮，但每一件都是舊的。
她本人看起來也相當疲憊。
感覺就是沒有餘力去在意服裝儀容。
「我是音效指導中川。」
音效指導以同情的眼神看著日比野，同時也向這邊打招呼。
他是一位大約四十多歲，體型略胖的男性，有著溫柔的外表與聲音。
由美子跟這位音效指導曾在其他作品一起共事過。
雖說由美子也認識導演，但他沒有到場。
「那個，導演不在嗎？」
戰戰兢兢地舉起手發問的是結衣。
她是主角，說不定有很多事情想問導演。
聽到這個問題，副導日比野明顯露出了像是被戳中痛處的表情。
她的視線尷尬地游移起來，苦澀地按住胸口。
「呃，這個嘛……就是，導演他，有點，狀況？請各位，當作他、他不會來現場……」
「不、不會來？一次也不會嗎？」

聲音聽起來很詫異的人是千佳。

就在這瞬間，日比野又再次「嗚嗚」了兩聲，發出苦澀的沉吟，中川立刻移開了視線。

「是、是啊，我想，這樣認為，應該會，比較好……」

就像是在表示「關於這點請別再提了拜託各位放我一馬」這樣，日比野副導如此說道，姿勢稍稍往前傾。

這樣沒問題吧？

由美子變得更加擔心，但她還是想把想問的事情問個清楚，便舉起了手。

「導演不來的話，我有事想請教一下副導……這部作品跟原作的劇情發展不同對吧？我聽說故事會採用動畫原創的內容。提個大概就可以了，待會兒能告訴我故事會有什麼樣的發展嗎？」

這也是她擔心的主因之一。

由美子事前聽說動畫會是原創劇情。

她原本以為頂多就稍稍改變一些吧？但看來會是完全動畫原創的故事。

甚至連官網上都直接打著「與原作截然不同的動畫原創故事！」這樣的宣傳標語。

換句話說，無論多麼熟讀原作，故事也不會按照上面的內容發展。

講得極端一點，類別是喜劇、嚴肅劇情、戰鬥風還是愛情故事……甚至連這點都還不清楚。

「啊，我、我也很在意這點！麻煩請告訴我！畢竟劇本只拿到了一話，資料也很少……！」

結衣舉著手，不斷跳著彰顯自己的存在感。

她們完全不知道從第一話以後劇情會有什麼樣的發展。

收到劇本的時間點會依照現場不同也有所差異，也有不少地方是都已經要火燒屁股了才送到。

然而，這次的故事與原作完全不同，不僅沒有劇本，資料也很少，完全不知道劇情的走向，自然會教人感到非常不安。

所以，即使加賀崎給了她原作的書，她看的時候也不安地心想：「到底能派上多少用處呢……」

這種時候，最好的方法就是直接問製作團隊。

其他演員似乎也是一樣的心情，大家都集中精神等副導說明。

下一刻，她突然就像是泫然欲泣一樣。

她用手按住胸口，忐忑不安地縮了回去。

「對、對不起，還沒定案……第二話已經跟編劇商量過，現在對方想辦法在寫了……但第三話之後還完全沒有……」

「還、還沒定案？」

由於這番話實在是太出乎預料，讓由美子的聲音頓時變尖了。
「第、第三話是要在下週錄音對吧……？」
緊接著，千佳以茫然的表情如此詢問。
周圍的人也露出了類似的表情。
下週別說第三話了，甚至還要錄第四話。
可是卻完全沒定案……？
「哇塞。」
眼見狀況如此慘烈，千佳的用詞也變得和平常不一樣了。
日比野發出「嗚嗚嗚……」的聲音，身子縮得愈來愈小。
或許是感覺無地自容，音效指導完全把臉轉到旁邊。
「啊！所以導演才沒來嗎？他可能在哪個地方努力思考接下來的發展！既然狀況這麼克難，沒辦法來錄音也是沒辦法的呢！」
結衣拍了一下手，擺出爽朗的表情。
原來如此。
導演想必是把錄音的工作交給副導，現在依然在某處苦思著劇情吧。
但是，日比野的表情變得更加痛苦了。
她就像是在表示自己坐如針氈那樣，看起來十分難受。

「不、不好意思！我是編劇柿崎！可可可、可以打個岔嗎！」

打開錄音間的門進來的，是一名帶著大號眼鏡的女性。

年齡大約與日比野差不多吧。

她身穿T恤搭配牛仔褲，打扮比較隨性，手裡則抱著一捆紙。

眼見有個人看到臉色驚慌地突然闖入，在場所有人紛紛睜大眼睛。

特別是副導，她滿臉鐵青。

「怎怎怎、怎麼了嗎，柿崎小姐……！」

「日、日比野小姐，第、第一話的最後，不太妙……！這個，跟第二話還有原作的設定都會產生矛盾，這樣劇情會陷入死胡同的……！」

「咦、咦咦？妳、妳說哪裡……！」

聽到了非常令人不安的話……

兩人當場開始驚慌失措、坐立難安……接著音效指導看著聲優這邊，露出著急的表情。

「等、等一下，妳們兩位……！不能在演員面前說這些……！」

「啊！說、說得也是，對、對不起，我們稍微出去一下……」

副導和編劇到這個時候才裝傻地露出笑容，躡手躡腳地走出錄音間。

從她們的背影滲出了哀愁與疲憊……

音效指導也不禁吐了口氣，錄音間裡瀰漫著一股難以言喻的氛圍。

在這個氛圍中開口說話的人，是結衣。

「發展完全還沒敲定，就連副導她們也不知道，真是讓人非常期待，雀躍不已呢！開始期待劇情了！我們也不能輸，一起加油吧！」

她露出燦爛的微笑，精神抖擻地如此說道。

幾乎快要陷入一片陰暗的錄音間，頓時被她照亮了。

要是在這種狀況下有人能表現得很積極的話，自己也會湧起活力。

「嗯，也對。小結衣說得沒錯。我們就期待一下吧。」

由美子如此回答之後，結衣的笑容變得更加開朗。

然後，副導等人悄悄回來，重新向大家打招呼。

「沒、沒有……影像……這、這樣什麼都看不出來啊……？」

結衣一臉錯愕地凝視著螢幕。

從手忙腳亂的打招呼開始，再經過演技指導，總算要開始錄音了。

然而，映在螢幕上的東西，實在很難稱為動畫。

只是在一片白茫茫的畫面上顯示著角色的名字。

能知道的充其量只有現在是誰在說話。

就只有這樣。

完全不知道畫面上的情境是怎麼樣。

唯獨上方的計時器很有精神地在不斷轉動。

「……講白了，在那種狀況下作畫根本不可能有進展吧？」

站在結衣旁邊的千佳喃喃說了這句話。

下一刻，結衣就立刻貼向千佳，用手遮著嘴巴悄聲問道：

「可是可是，夕陽前輩，這樣會不會太難了？基本上跟什麼都看不見沒兩樣啊！」

「……沒有畫面這種事並沒有那麼少見。到時候就會習慣的。」

她說得沒錯。

像「幻影機兵Phantom」那樣確實地完成作畫之後才進行錄音的狀況反而罕見，基本上播放的都是未完成的影像。

根據作品不同，作畫也有可能隨著進度慢慢減少，發生像現在這樣幾乎沒有畫面的狀況。

話雖如此，從第一話開始就是這種狀態依然是很稀有的個案。

然而，結衣聽到千佳這番話後好像深受感動。

她用閃閃發亮的眼神望過去。

「哇～……夕陽前輩感覺就像個老手！好帥喔……」

「我以聲優來說也才第三年，應該跟妳沒差多少吧……」

「看起來一點也不像啊。果然是因為妳有加入劇團的經驗嗎？好帥喔。請妳教我各種知識嘛～」

眼見結衣用著迷的眼神望著自己，千佳尷尬地從她身上移開了目光。

就算千佳只是說聲肚子餓了，結衣大概也會回說「好帥喔～」。

然而，她們能像這樣閒聊起來，是因為遲遲沒有收到指示。

根本是在枯等。

「嗯——？怎麼了嗎？這種狀況也很常發生嗎？」

結衣看著控制室，這次是向由美子發問。

「不，說不定是遇到了什麼狀況。遲遲不開始呢。」

由美子如此回答，同時窺視控制室。

透過玻璃可以看到房間，裡面有以音效指導為首的工作人員。

儘管聽不到聲音，但他們正露出焦急的神情在爭論著什麼。

又發生什麼事了嗎？

等了一陣子後，音效指導終於下達了指示，但聲音明顯很疲憊。

『……對不起。出了點狀況。可以先暫時休息一下嗎？準備好以後，會立刻請各位過來的……』

在他的聲音後面夾雜著被逼到走投無路的聲音。『咦？結果還是不會過來這邊嗎！』『不，應該已經確認過了！』『不不，不是這樣啦！』。
演員們聽到這番話，不由得面面相覷，露出苦笑。
沒想到還沒開始就要休息。
照這個樣子，不知道什麼時候才能重新開始。
「我乾脆去買個飲料好了……」
「我也是……」
這裡雖然有準備水，但由美子或許就是想喝點東西休息一下。
她與千佳一起走向錄音室後面的自動販賣機區。
「感覺很多事情都不太樂觀啊……他們好像被逼得滿急的。」
「是啊。不過，我們也做不了什麼。」
她和千佳一搭一唱地聊著天，在走廊上前進，移動到自動販賣機區。
在四方的空間裡，擺放著小長椅和自動販賣機。
裡面沒有其他人。
可是，不知為何傳來了說話的聲音。
「結果，導演還是不來現場嗎？」
「說是來不了。導演看來是完全受挫了……該說真的很可憐嗎？雖然我們也有錯，但不管怎麼想這運氣也太衰了。實在很抱歉。」

「就是啊……明明塞了一堆要求，到頭來竟然還要求全部重做對吧？導演是很衰沒錯，但工作人員也真的是運氣不好啊……」

是兩個男性的說話聲。

看來，這裡還同時設了吸菸區。在自動販賣機區深處能看得見門。

從這個位置看不到裡面，但由美子知道對話是從那裡傳出來的。

對方好像正說著令人在意的話，於是由美子與千佳頓時對望了彼此一眼。

她們沒有進入自動販賣機區，而是豎耳聆聽。

其中一人的聲音是剛才打過招呼的那名當業務的男性。

「……另一個是誰的聲音啊？」

「感覺好像是什麼高層就是。」

由美子她們把臉貼在一起，對彼此低語。

所以業務與某個高層大人物正在聊一些讓人很感興趣的話題。

如果能因此得知這個現場的狀況為什麼會如此糟糕，由美子她們自然會想知道理由。

她們忍不住繼續偷聽。

「所以？我該對誰生氣？是對那個明明進度一帆風順，卻突然說出『請全部重做』的原作者？」

她們聽到了比較危險的關鍵字，但是當業務的那位男性立即慌張地說道：

「不，那個人也是受害者啦！況且，他不是要求重做。他是拜託公司請不要再繼續做了，但編輯就說『唯獨這點請通融一下』拚了命說服他的。反而是我們這邊拜託他說這邊會重做，請讓我們播出。」

「噢，是這樣嗎？也是啦，明明播放時間都已經敲定了，事到如今也不可能取消啊……但你說受害者……是這樣嗎？」

「我不是之前都解釋過了嗎……」

唉——傳來了一聲嘆氣。

後來，那男人以疲憊的聲音繼續說道：

「總之，『瑪修娜小姐』只有一集的庫存對吧。因此從一半開始就要採原創發展。你還記得吧？然後，導演就非常煩惱到底該怎麼辦。」

「噢，是啊。畢竟導演原本是做戀愛喜劇的。嗯？是說原創發展，最後預定是要改編成戀愛喜劇吧？」

「是啊。就是那個贊助商，記得嗎？就那裡，那個老頭說的。『沒有戀愛要素是不會紅的，所以要不要弄個男的？』，然後就提出了新男角的設計稿對吧？」

或許是在模仿那個人吧，當業務的男性發出了沙啞的聲音。

然後，這個高層發出錯愕的聲音。

「咦？是這樣嗎？這不太好吧？那部作品不會有男人出現啊。可是還要和男的原創角色談戀愛？這該不會是在寫夢小說什麼的吧？」

「如果是二次創作的話倒還好呢！但導演就是採用了啊。的確啦，畢竟他當時正在迷惘劇情該怎麼發展，那個老頭突然說這種話，那當然會採用啊。這樣不僅能往戀愛喜劇發展，上面還允許他可以自由發揮。所以才……」

令人在意的話題還在繼續。

由美子她們屏住氣息繼續偷聽，但就在這時「前輩——！」大嗓門的聲音傳了過來。

兩人聽到有人突然從後面叫喊，頓時抖了一下，轉頭望去。

她們立刻看到結衣在走廊遠處揮著手。

「聽說再一下子就要繼續了喔——！」

她似乎是特地來叫由美子她們。

這份體貼非常令人感激，但相對的也讓吸菸區頓時沉默。

看樣子，很難再繼續聽到更多資訊了。

然而，她們也因為這番話肯定了這部作品有嚴重的問題。

「感覺很可疑呢……只要問問加賀崎小姐她們，是不是就能知道些什麼呢？那兩個人的語氣聽起來就是知道不少事情呢。」

「是啊。我想她們應該知道。成瀨小姐消息很靈通，而且剛才還說了交換情報……結束

之後再問一下吧。不過……」

千佳話說到這裡暫時打住。

她像是要把這些事情掃到腦海一隅那般，微微搖頭。

「總之，我們先完成自己的工作吧。」

由美子點頭同意，兩人回到錄音間。

進入錄音間，三個人再次站在麥克風前。

由美子拿著劇本，聽著音效指導的指示，但她聽完忍不住「咦」了一聲。

『麻煩各位從……開始。』

由美子把劇本翻到指定的場景。

那是第一話的高潮，熱血沸騰的戰鬥場景。

幾乎算是第一話的最後了。

明明還沒掌握角色，就突然要錄高潮的場景啊……

她看向控制室，工作人員們依然與剛才相同，正在爭論著什麼。

儘管聽不到聲音，但那裡有許多人出入。

啪噠啪噠啪噠啪噠啪噠，喀恰喀恰喀恰喀恰喀恰。

『我都要開始配音了耶！能不能待會兒再處理？』

由美子不禁想如此吶喊。

她很在意那種發生了麻煩的感覺，但她告訴自己要好好專心。

必須專心做好眼前的事情。

隨後，影像開始播放。

所幸，雖說只有些許，但這個場景還是有畫面的。

不時會映照出角色的臉。

首先，由美子在麥克風前大聲說道：

「我來測試妳一下，新人！不知道妳能帶給我們多少樂趣呢！到時看妳的表現，也可以讓妳做我們的夥伴喔！」

歌種夜澄扮演的希薾是個比較豪邁、有著男子氣概，語氣也很粗暴的女孩。

這是由美子以前幾乎沒演過的角色，但最近她也慢慢能掌握最近這類角色的風格了。

她自己覺得狀況還不錯。

接著，千佳注入聲音。

「是啊～我一直在想，希望妳是個值得好好把玩的女生呢～來，讓我看看妳算哪種呢～？是真的能玩的女生～？還是說～……」

外表文靜，講話沉穩的女生，是個有點姊姊感覺的角色。

這就是夕暮夕陽扮演的克菈麗絲。

由美子在旁邊聽著，不禁心想「演得真好啊……」。

從原作裡看到的克菈麗絲可以想像得到這種聲音，兼具可愛與性感，還稍稍帶給人一種可怕的感覺。

她的表現力實在令人讚嘆。

這個故事，是高橋結衣扮演的瑪修娜以轉學的形式來到希蘭和克菈麗絲上的魔法學校。故事就從這裡開始。

然而與原作相同的部分，頂多就到這裡。

在原作中，三個人會去採蘑菇，在這個時候加深友情，但在這部動畫的發展卻是三個人開始魔法戰鬥。

一邊用掃帚在天上飛，同時用彼此的魔法攻擊對方。

由美子雖然很擔心能不能完成那樣的作畫，但這不是她該思考的事情。

「……唔。」

……不對。

不僅如此。

這種多餘的思考，一瞬間就消散了。

因為就在她的旁邊，產生了能打消這種想法的衝擊。

那就是結衣的演技。

「——我知道了。既然妳們都這麼說了，就讓妳們見識我的魔法吧。就算受傷，也請妳們不要抱怨喔——！」

——令人驚訝。

一聽到結衣演出的聲音，由美子就自然地在手心用力。

起了雞皮疙瘩。

由美子不禁想看旁邊的千佳。

假如現在不是在錄音，她肯定已經揪住了肩膀。

結衣的演技，就是如此——

——相像。

抑揚頓挫的方式，聲音的溫度，呼吸的時機，演技的深淺，驚訝時沒有臺詞的聲音。

這所有一切。

很像。實在很像。

結衣的演技，很像。

像誰？

……很像夕暮夕陽。

結衣的演技——就好像是夕暮夕陽的複製品。

看來，她們原本聲線就很像。

再加上演技的方式幾乎相同，給人的感覺就是直接模仿得維妙維肖。

「……………………」

由美子忍住不嚥下口水，聆聽結衣的演技。

之前共同演出的時候，她的演技並不是這樣。

或許有部分是因為那是小角色的關係——但她當時的演技不會給人留下強烈的印象。

她現在已經能展現出這種演技了嗎？

即使內心在動搖，錄音也在繼續。

接下來要開始激烈的戰鬥場景。

「喝啊！試著躲開吧，新人！火焰球！」

「要是這樣就死掉，那可就抱歉嘍……冰針！」

這個場景，是瑪修娜用自身的魔法抵銷希薾和克菈麗絲的魔法。

由美子她們喊完之後，結衣也同樣回應她們，喊道：

「這就是，只有我能用的魔法——驅逐玫瑰——！」

聽到結衣那充滿魄力的吶喊，由美子頓時冒出不快的汗水。

差一點點就從嘴裡發出聲音了。

因為，她知道這種吶喊的方式。

她知道……

是大野。

這種吶喊，與大野麻里擅長的那種叫喊非常相似。

大野出演了許多以少年漫畫為原作的動畫，經常吶喊。

當她演出熱血型角色，或是使出必殺技時，她的喊聲總是非常吸睛，也有許多粉絲就是在等著聽她吶喊。

比方說第二代泡沫美少女，帥到讓人不覺得這是給小女孩看的動畫。

有許多聲優憧憬她的理由就是「好希望能像她喊得那麼帥氣」。

而結衣的吶喊與大野的非常相似。

雖說水準肯定還不及大野，但也不是新人能表現出來的演技。

結衣一邊模仿夕暮夕陽的演技，同時發出大野那種強力的吶喊。

這種絕活——就連夕暮夕陽都做不到。

「……唔。這樣就明白了吧？妳們的魔法，碰不到我的……」

結衣發出上氣不接下氣，帶有疲勞的聲音。

她那顫抖的聲音停頓了幾次，簡直就像剛剛全力奔跑過那般吐出呼吸。

這樣的聲音莫名地生動，腦海直接灌進那種感覺。

明明不起眼卻給人留下深刻印象。要是現在是在家看，由美子可能就倒回去聽了。

這讓人不禁欽佩的演技——也是模仿了誰嗎？

「————————」

由美子倒抽一口氣。

一個事實浮現在腦海裡，她的本能拚命否認。

開什麼玩笑。

怎麼可能，不該是這樣，不可能發生這種事情！

她在心中如此大喊，但結衣的聲音將她打回現實。

結衣的演技絕對是在模仿夕暮夕陽——

——但是她的演技，卻比夕暮夕陽更好。

結衣以夕暮夕陽的演技為基礎，還進一步發展了其他技術。

附加上去的技術，想必也是模仿了其他聲優。

她已經超越了夕暮夕陽。

可怕。

從剛才開始不斷打著寒顫。都快哭出來了。

明明自己必須專心在演技上面，但意識幾乎要被奪走了。

才能。天才。天賦之才。

這些討厭的詞彙剛才開始就在腦袋裡不斷迴響。

因為，夕暮夕陽是個擁有出色才能的聲優。

她可是由美子打從心底憧憬的聲優。

可是——她居然會如此輕易地遭到別人的才能超越嗎？

模仿。效法。

效法、參考優秀聲優的演技，這種事每個人都會做。

但是，結衣表現出來的效果卻異於常人。

「………」

由美子想像到更厭惡的畫面，頓時臉色蒼白。

她注意到了。

萬一，自己的演技被結衣模仿的話。

在那瞬間，歌種夜澄就會成為高橋結衣的低階替換品。

這一天的錄音，總算是平安落幕了。

向直到最後都手忙腳亂的工作人員打完招呼後，結衣迅速向千佳搭話。

「夕陽前輩——！我們一起回去吧——！夜夜前輩也一起！」

看她如此親近人，如果是狗的話，感覺會拚命狂搖尾巴。

由美子不由得露出心情複雜的笑容。

千佳目睹到結衣的演技時——整個人都呆住了。

這也沒辦法。

要是對方在自己的眼前展現出了「比自己更出色的自己的演技」。

要是別人展現出自己的演技。

那個人可能會破壞自己的價值。

對夕暮夕陽而言，高橋結衣就是這樣。

然而，結衣並沒有注意到這件事。

她用一如既往的天真笑容黏著千佳。

「那個，小結衣。我可以問一件事嗎？」

「嗯？怎麼了嗎，夜夜前輩？」

由美子搭話後，她就像平常那樣回應由美子。

她沒有意識到自己打垮了在這裡的兩位前輩聲優。

所以，她才能依然如此天真無邪。

「小結衣，妳以前有和大野小姐工作過嗎？」

結衣的表情頓時愣住了。

但是，她隨即露出了笑容。

「有喔——！大野小姐很帥對吧——！我有一次錄音和她一起工作，超帥的！我也想像那樣吶喊，就參考了一下她的演技！但是，這怎麼了嗎？」

「啊，沒有，我只是突然想問。抱歉，沒什麼。」

千佳稍微瞥了這邊一眼，結衣則是歪頭表示不解。

由美子心想，果然是這樣嗎？

那是她意識到大野而做的。

模仿之後得到的結果就是那樣。

結衣——她的才華實在是無比出眾。

由美子此時總算明白，為什麼大野之前會提到結衣的名字。

大野接觸到她的才能，聽過她吸收過千佳技術的演技，才會不禁想確認吧。

出現了一個不得了的天才，妳沒問題嗎？這樣。

結衣對由美子的感想不得而知，笑得一臉開心。

「啊，既然這樣，要不要乾脆找個地方聊天？反正肚子也餓了，乾脆吃個飯好嗎！喝茶也可以！」

「啊……是啊……」

千佳以混亂的眼神回應結衣的話。

儘管由美子也不是想袒護她，但還是插嘴說道：

「啊，抱歉小結衣。我們有事情得去問一下經紀人。抱歉，可以下次嗎？」

由美子這句話也同樣是丟給千佳，她聽到後，眼睛總算開始對焦。

「啊，對喔……我都忘了，得去確認一下。」

沒錯。必須去確認才行。

結衣當然讓她們受到了很大的打擊，但這件事得先暫且放在一邊。

這個現場為什麼如此手忙腳亂？今後的進度能順利進行嗎？

她們想先釐清這些事。

「啊，這樣啊——……真可惜。大家果然都很忙呢。那麼，今天我就一個人回去啦！下次錄音再見！」

「對不起喔——下次我們再去哪逛吧？」

「好——！約好嘍——！我會期待的！掰掰——辛苦了——！」

結衣活力充沛地打過招呼，晃著刺繡運動服與裙子，在走廊上奔跑。

在這個瞬間，由美子差點就嘆了一口氣，但她忍住了。

必須切換心情才行。

既然都讓結衣回去了，就不能再去想她。

目送結衣離開之後，由美子與千佳一起找加賀崎她們。

兩位經紀人正在錄音間外聊天，談笑風生。

「咦——真意外。加賀崎小姐，妳喜歡日常類的動畫嗎？」

「嗯。最好是那種什麼都不用想就能看的動畫。我喜歡工作完回家之後，放空自己一邊看著那類動畫一邊喝酒。感覺愈是疲累，這樣做就愈能讓身體放鬆。」

「啊——……我懂。一旦累了就會覺得那種很棒呢……」

由美子聽到了莫名反映出社會人辛酸的話題……

當兩人注意到由美子她們之後，

「啊，辛苦了。」「辛苦了！」異口同聲地如此說道。

她們打算就這樣走出錄音室，但由美子攔住了她們。

「我有點事情想問妳們。」由美子這樣說完，環視了一下四周。

她注意別讓周圍聽到，悄聲問道：

「就是關於這個現場。如果是加賀崎小姐，應該知道這裡為什麼會變得這麼糟糕吧？而且之前妳說要去打聽一下。結果怎麼樣？」

「成瀨小姐也是。如果妳知道，希望妳能告訴我，為什麼狀況會如此糟糕？還有這個狀況是否有辦法解決。根據知不知道這些，也會影響到我的心態。」

聽到由美子與千佳的發問，兩名經紀人不禁面面相覷。

加賀崎望向其他方向，微微皺起眉毛。

成瀨則是露出困擾的表情笑著。

加賀崎依然移開目光，就這樣吐了一口氣。

「我是知道。不過，這件事並不是知道理由就能改變什麼的。我覺得其實不聽也無所謂。」

「就、就是啊——妳們只要當成是大人的一些狀況不斷累加下去，而造成這樣的結果就好。狀況呢，呃，大概是好不了的……所以妳只要專心集中在眼前的工作就好……」

她們果然掌握了狀況。

兩位大人清楚事情的來龍去脈，卻不願意說。

就像成瀨說的那樣，由美子已經察覺到這疑似是大人的狀況所造成的。

但話雖如此，就這樣一直處於一無所知的狀態，還是會教人不太自在。

由美子也說出了不自在的理由。

「其實，我們剛才稍微聽到了一些呢。剛好聽到工作人員在偷偷聊八卦，說導演沒有心做了——什麼的，還有因為原作者說了什麼才變成這樣——之類的。」

「我聽他們提到是因為贊助商的意見之類的，但沒有全部聽完，所以這樣反而更讓人在意。我認為既然都聽到這麼多了，乾脆全都知道，這樣更能讓我專心在演技上。」

雖說有些任性，但她拿演技的水準當擋箭牌。

應該說，她就像是個耍賴央求大人的小孩子一樣。

這樣的威脅聽起來只像是在騙小孩，但兩位經紀人似乎願意奉陪。

眼見成瀨依然一臉為難，加賀崎便問她說：「怎麼辦？」。

「唔、嗯——……我想這件事確實會讓人在意……比起被不完整的情報搞得內心無法釋懷，乾脆告訴她們可能還比較好呢。」

「……是啊。」

加賀崎呼了一聲，嘆了口氣。

「沒辦法了。那我們找個地方說吧。」

「太好了。我最喜歡加賀崎小姐。」

「是是是，真會說話……成瀨小姐，怎麼辦？畢竟時間也差不多了，不如一邊解決晚飯一邊說吧？」

聽到這個提案，成瀨雙手合十，莞爾一笑。

「啊，不錯哦！這樣小夕陽還有歌種小姐也沒問題吧？」

要吃晚餐，這個時間段正是時候。

由美子沒有什麼異議，點頭同意。千佳也是。

為了兼顧到各方面的需求，最後她們討論出「就吃附近的蕎麥麵吧」，離開了錄音室直奔餐廳。

店裡沒什麼客人，她們坐在角落空著的桌位上。

千佳與由美子並肩而坐，對面坐著成瀨和加賀崎。

由美子點了南蠻雞蕎麥麵，加賀崎是點炸蝦天婦羅竹籠蕎麥麵，成瀨是朴蕈蘿蔔泥蕎麥麵，此時因為千佳點了山藥竹籠蕎麥麵，由美子不由得「咦」了一聲。

「怎樣？」

「不是，渡邊。妳要吃蕎麥麵嗎？其他還有咖哩、炸豬排丼、親子丼之類的啊。」

「妳怎麼講跟我媽一樣的話啊……蕎麥麵就行了。我也沒那麼餓。」

「啊，是嗎……？」

既然蕎麥麵可以的話，那是無所謂。

點完菜後，她們喝了一口熱茶，所有人同時喘了口氣。

接著，加賀崎搔了搔頭。

「該從哪開始說起呢……」

儘管她這樣說著猶豫了一會兒，但很快就準備好開始說了。

她滔滔不絕地說了起來。

「首先，在讓妳試鏡之前，我不覺得狀況有這麼糟糕。頂多就覺得從試鏡到錄音的時間太短了這樣，但也沒多想。可是當行程表出來後，我感覺『啊，這不太妙啊』，所以就自己打聽了一下。」

由美子也點頭同意。

在聽說自己接到「瑪修娜小姐」時，加賀崎就把這些一起告訴她了。

排定每週錄音兩次、異常少的資料、遲遲收不到的劇本。

面對如此令人不安的狀況，加賀崎曾說她要稍微調查一下。

「我的感覺也類似這樣呢。由於我總覺得狀況不太平靜，便託人調查了一下。後來，大概就是我和加賀崎小姐交換了彼此知道的情報，掌握了基本狀況。」

成賴平常感覺不太可靠，可是一旦講起工作的事情也表現得十分俐落。

在陪睡嫌疑之後，想不到四個人又像這樣開起了作戰會議啊……由美子一邊如此懷念著過去，同時傾聽兩人的話。

「之所以變成那樣，是有理由的。首先，『瑪修娜小姐』是出版社力推的作品，想要不惜一切動畫化。因此，他們在連載開始時就向動畫製作公司毛遂自薦。」

「就是直接問他們能不能動畫化這樣。所以那部作品並不是因為製作公司邀約才製作的。也不是因為受歡迎，在備受期待的狀態下動畫化。不過，這種事情本身並不少見。」

由美子與千佳同時點頭。

最有效推廣漫畫以及小說的方式，肯定還是影像化。

出版社為此竭盡心力，四處奔波的狀況可謂司空見慣。

「條件雖然嚴苛，但現在這間製作公司接下了動畫化。由於預算很低，加上他們最重視的就是速度，所以在這個時間點就已經能確定動畫的水準不會高到哪去。但是，這樣就足夠了。畢竟出版社想要的只是『確定動畫化！』這句話。」

「到這裡是還好。」

「讓各位久等了。」

加賀崎講到這裡，店員也在同一時間出現。

轉眼間料理就接連擺上桌。

眾人各自適度地做好準備吃蕎麥麵，同時也繼續說下去。

「啊，小夕陽，幫我拿一下七味粉好嗎？謝謝。呃，然後呢，總之就是工作人員被緊急動員了起來。可是，聽說導演與這類幻想作品無緣，沒有接觸過。那個人的主戰場好像是戀愛喜劇。」

「啊，成瀨小姐。我也想要七味粉。還有，我們聽到的就是這件事。」

由美子一邊撒著接過來的七味粉，同時講出自己在吸菸區聽到的事情。

由於贊助商的考量，導演想把劇情推向戀愛喜劇。

走向設定為推出原創的男性角色，與瑪修娜談戀愛的劇情。

由於原作沒有庫存，勢必得做成原創發展的劇情。

「所以原作的那位老師……就因此生氣了來著？」

聽到由美子的提問，加賀崎揮了揮手說：「不對不對。」

她發出清脆的聲響掰開免洗筷，同時嘆氣說道：

「不是生氣……該怎麼說呢，應該是超過了忍耐的極限吧。生氣這種說法，並不是很恰當……」

加賀崎對著虛空投以尷尬的眼神，隨後先吸了一口蕎麥麵。

她稍微給蕎麥麵沾上麵汁，一口吸進去。

這人實在很適合吸著吃蕎麥麵。

「聽說原作者原本就答應可以做出某種程度的修改。因為責編說『重要的是以這個速度動畫化。至於動畫的完成度與修改，希望能睜一隻眼閉一隻眼』。原作者也接受了這件事，全權交給製作公司處理……但是，稍微出了些差錯。」

在快速地吸了幾口蕎麥麵後，成瀨接著說下去。

「這種事很常見。」她先如此開頭，繼續說道：

「雖說要睜一隻眼閉一隻眼，但聽說好像還是交給原作者監修。原作者說不定是覺得這樣就算遇上最壞的情況，劇情走向變得很奇怪，自己也可以跳出來反對。但是，有件事情雙方沒有做好溝通。就如妳們兩個也聽說的，會有動畫原創的男性角色登場。」

「那個男性角色在原作者監修之前，官方就先宣布消息了。標題是『這個角色究竟是誰！』，原作者好像是在一無所知的狀況下在網路上看到的。」

「這樣……很不妙呢。」

千佳面露苦色，眨了眨眼。

只是聽著，事情的走向就相當令人不寒而慄。

實際上，成瀨真的在輕輕摩擦手臂。

「原作者好像也是在這時才第一次知道有戀愛要素……想必那個人一直以來已經隱忍很久了吧。這件事讓原作者累積的不滿一口氣爆發。後來好像還哭著說，如果要把作品摧毀到這個地步，就請你們別做什麼動畫了。」

這也是情有可原……

即使作為一介粉絲，看到作品動畫化時被改編得慘烈無比，也會想大喊「別這樣！」。

既然是自己的作品，肯定會發出無法相提並論的悽慘悲鳴吧。

「但是，也沒辦法這麼做呢。都到這一步了，如今根本不可能中止動畫化。因此編輯這時就設法說服了原作者，結果對方給出了條件，說只要遵守條件就可以製作動畫。」

此時，加賀崎豎起了手指。

「不是從中間開始進入原創劇情，而是從一開始。如果做成完全不同的作品，就可以製作動畫。只不過，不可以加入戀愛要素。」

沒有戀愛要素的，完全不同的作品。

原作者的意思是，這樣的話還可以接受。

然而，這麼做勢必會出現很大的問題。

成瀨喝了一口暖和的麵汁，緩緩點頭。

「動畫可以繼續製作，但是原本進行得很順利的作業進度全都回歸成白紙了。而且，導演好像也因此受到了相當大的打擊，不再參與製作。結果就是由副導承擔了剩下的工作。」

「原本時間和預算就都不夠了，現在還要重頭做起。導演缺席，劇本被要求原創。看在現場的人眼裡，根本是猶如地獄般的景象。所以現場才會那麼手忙腳亂。」

「原來是這麼回事啊……」

由美子理解了狀況。

再怎麼樣，第一話開始就是那種狀況也太糟糕了。

然而，既然問題像這樣堆積如山，現場亂成那樣反而可以認為是必然的結果。

「之所以會邀小夕陽妳們，與這件事有很大的關聯。因為對方希望透過有限的預算以其他更好運用的方法吸引觀眾。」

「已經不能在製作上面追加時間和預算了。所以，對方打算透過由美子妳們這些便宜好用的新人，在動畫之外的地方炒熱這部作品的聲勢。」

每週的特別節目就是為此而生的。

要她們盡可能宣傳也是基於同樣的理由。

因為動畫的水準已經爛到無藥可救，所以製作團隊才試圖用剩下的手牌吸引觀眾。

這一切似乎都是由於各種陰錯陽差而產生的辛酸悲劇。

加賀崎吸完最後一口蕎麥麵，雙手合掌。

她將蕎麥湯加進麵汁裡面，同時如此總結。

「現場人力相當吃緊，但這種狀況也是無可奈何。製作團隊想用有限的時間和預算盡可能做好這部作品。儘管會有一些不方便的地方，但由美子妳們也用有限的時間設法回應他們吧。畢竟這不是在刁難妳們，或是因為怠慢而導致進度延遲，而是大家拚命工作的結果。」

這時候，她緩緩喝了幾口蕎麥湯。

成瀨還在小口小口吸著麵，但她在這時露出了傷腦筋的表情。

「就是這樣啊……大家努力的結果變成了這樣。誰都沒有錯。只是，最後會遭到波及的，還是現場的人員啊……」

她語帶感慨地如此說道。

不僅劇本沒收到，連劇情走向都還沒有定案，這實在是很荒唐。

看來今後還會出現不少問題。

話雖如此，能得知事情的來龍去脈依然很有幫助。

「我會努力，這是當然的。既然大家都在拚命，那我就更有幹勁了。我也不能輸給他們，要竭盡全力去做。」

這是她沒有任何虛假的真心話。

所有人都在竭盡心力地努力，只是出了差錯才會變成這樣而已。

雖然這次的現場會很辛苦，但反而湧起了幹勁。

然而。

「…………」

由美子望向千佳，發現她吸著蕎麥麵的速度比成瀨還慢。

雖說偶爾也會插話，但千佳說話的次數很少。

由美子知道原因。

即使讓自己不去想，那件事應該也已經塞滿了她的腦海。

兩人的身邊，有個彷彿怪物一樣的天才。

關於那位天才的事情——由美子實在是說不出口。

不管加賀崎還是成瀨，也甚至有些刻意地不打算提起這件事。

說完事情，吃完蕎麥麵，眾人在店門口解散。

由於回家的方向不同，由美子要在這裡與成瀨和加賀崎告別。

由美子說了聲辛苦了，對加賀崎她們轉過身子。

「小夕陽。」

就在這時，成瀨向她搭話。

由美子回頭望去，成瀨在有些距離的地方，掛著擔心的表情。
成瀨儘管猶豫，但她還是開口了。
「妳是因為聽了高橋小姐的演技對吧？」
千佳睜大眼睛。
由美子聞言，咬緊了嘴唇。
她明白自己的體溫一口氣下降了。
成瀨握緊拳頭，露出不安的表情繼續說道：
「我明白小夕陽會在意她。高橋小姐……在模仿小夕陽的演技。而且不是依樣畫葫蘆。高橋小姐很厲害，非常厲害。但是，妳不可以去在意。小夕陽有小夕陽的優點。好嗎？」
由美子看不見千佳的表情。
她明白成瀨的心情。
千佳現在正被囚禁在深沉的黑暗之中。
不能什麼都不表示就讓她回去。
成瀨想必是這樣想的吧。
但是，這番滿是體貼的話語。
會不會反而深深刺痛千佳的心呢？
「所以，妳不要逞強。照妳自己的步調好好去做吧？小夕陽不會有問題的。」

沒錯。

成瀨的話很中肯。

她在鼓勵意志消沉的千佳。

她在告訴千佳，不需要沮喪。

但是，這番話肯定傳不到千佳的耳裡。

由美子彷彿被這種不穩定的感覺吸引過去那般，不禁看向千佳。

「…………唔。」

千佳緘口不語，用力抿緊嘴唇。

拳頭握得死死的。

然後，她看起來發自內心痛苦地詢問成瀨。

「……那麼，成瀨小姐。請妳老實回答。如果，現在我和高橋小姐參加『幻影機兵Phantom』的試鏡，妳覺得我依然能被選上嗎？」

「這、呃……」

成瀨頓時語塞。

因為無論她怎麼回答，這個問題都勢必會傷害到千佳。

無論是說出事實。

還是顧慮她的感受而撒謊。

千佳也是明知故問。

這種行為幾乎等於自殘。

成瀨雖然在鼓勵著千佳，但她心裡也明白。

現在的夕暮夕陽，無法與高橋結衣抗衡。

「…………」

千佳像是逃跑那樣背對成瀨。

她就這樣離開了。

成瀨沒有向她的背影搭話，而是失落地垂下肩膀。

加賀崎也環起手臂，閉著眼睛，就這樣不動。

由美子在手裡緊緊用力，追趕千佳。

由美子立刻追上，走在她的旁邊，但千佳完全不看她一眼。

由美子想喊一聲「渡邊」向她搭話，卻說不出口。

……該說什麼才好？

如果自己處於她的立場，無論別人說什麼，肯定都聽不進去。

不僅如此，甚至還可能會因此生氣。

然而，當千佳在車站走向了其他月台，由美子還是出聲了。

「等一下，渡邊。妳家不是坐那邊的電車吧。妳要去哪？」

千佳沒有回應。

她只是低著頭往前走。

不管千佳的家還是由美子的家都是別條路線。

她究竟打算去哪裡？

考慮到這個時段，應該不要繞路而是直接回家。

這個時間學生不該到處亂晃。

但是千佳不以為意地在車站內繼續走著。

「渡邊。噯，渡邊。不行啦，回家啦。」

「煩死了。別跟過來。」

想說千佳總算開口了，卻是強硬地拒絕由美子。

平常的話，由美子肯定會不爽，但聽到千佳說話的聲音那麼虛弱，她也氣不起來。

她們抵達了空蕩蕩的月台。

幾乎沒有其他人影，電車也還沒來。

一陣寒冷的風吹過。千佳在此時坐到了月台的椅子上。

由美子看了電車要前往的方向，依然不知道目的地在哪。

「…………」

她無可奈何之下，只能坐在千佳的旁邊。

千佳始終不發一語。

她低著頭，動也不動。

由美子也不知道該說什麼好，只能靜靜地坐在她旁邊。

「佐藤。我啊。」

千佳開口了，音量像是在低喃那般小聲。

她沒有看向由美子這邊，像是在對著虛空拋出這番話，但即使如此也比繼續沉默下去好多了。

「其實，我參加了兩場試鏡。克菈麗絲和瑪修娜。」

主角，和朋友角色。

……不。之前就覺得很奇怪。

瑪修娜這個角色平常顯得比較文靜，但有著一顆熱情的心。

那原本是夕暮夕陽擅長的角色類型。

像是Phantom的櫻庭，正是她擅長的那種角色。

可是，主角並不是夕暮夕陽，而是發給了高橋結衣。

「高橋小姐比我更適合擔任主角。正因為對方是這樣想的，所以我才被選為克菈麗絲，而她是瑪修娜。」

她「啊」一聲吐出一口氣。

當結衣來高中生廣播當節目來賓時，千佳的舉動顯得有點生硬。

說不定她就是在想著這件事。

自己驕傲地認為擅長的角色，被後輩拿走了。

那麼她對此會有些想法也是無可奈何。

不過。

「……但是，演員不是靠單純適不適合就決定的吧。既然是主角的話更是如此。像是與其他角色的平衡之類的……再說這次的現場也很特殊……」

由美子忍不住指正了這點。

她這番話並沒說錯。

如同會受到贊助商之類的外部影響，也經常會因為政治類的理由決定演員。

所以不能直接說結衣比千佳優秀，如此一概而論。

然而，千佳在這時抬起頭。

她正面看向由美子的眼眸。

「妳在旁邊聽了那孩子的演技。就算這樣，妳真的還能說我更適合擔任主角嗎？」

「…………………」

說不出口。

……怎麼說得出口。

由美子打從心底尊敬著夕暮夕陽，也最喜歡她的聲音和演技。

但即使如此，由美子還是能斷言結衣更為出色。

千佳想必是從由美子的沉默中領悟到她的答案，再次低下頭。

她臉朝下，輕聲嘟囔。

「最近，因為高橋小姐的經紀人跟成瀨小姐聊天，我才知道了這件事。其實我去試鏡的角色當中，還有其他我沒有通過，高橋小姐卻通過了的角色。」

「…………這樣啊。」

由美子不知道該怎麼回話。

當然，不管結衣還是她的經紀人，想必都不是因為「要從夕暮夕陽那裡搶走角色」而這麼做的。

雖說經紀公司相同，但是像藍王冠這麼大的經紀公司，很難想像他們能逐一分享試鏡的資訊。

這單純就是千佳輸給了結衣而已。

留下的就只有一個殘酷的事實，與夕暮夕陽相比，對方選擇了高橋結衣。

由美子聽到這個事實後不禁愣住，此時電車緩緩開過來了。

千佳毫不猶豫地坐上了眼前的電車。

她被吸進了乘客很少，空蕩蕩的這輛車內。

由美子現在依然不知道她打算去哪。

即使問了，她肯定也不會告訴自己，就算阻止，她也不會聽話。

「啊啊，真是的……」

嘆了口氣後，由美子也坐上了那輛電車。

已經坐在位子上的千佳見狀，頓時睜大了眼睛，但沒有開口。

由美子默默地坐在她的旁邊。

喀噠叩咚。喀噠叩咚。

四周只響起電車的聲音，窗外模糊地閃過建築物的亮光。

千佳的臉依然朝下，甚至沒有去看這副景色。

『……那麼，成瀨小姐。請妳老實回答。如果，現在我和高橋小姐參加「幻影機兵Phantom」的試鏡，妳覺得我依然能被選上嗎？』

『這、呃……』

由美子想起她與成瀨的對話，不禁抿緊嘴唇。

千佳最重要的目標，就是在神代動畫中出場。

她應該為此付出了相符的努力。

她擊退老手聲優，拿下了主角櫻庭這個角色。

然而，那也是因為結衣不在場。

千佳向最理解自己的人確認了這一點。

「太快了啦……」

由美子如此低語，音量小得會被電車的聲音蓋過。

由美子心知肚明。

聲優業界是搶椅子遊戲。

就算以前她們只要向上看就好，但隨著時間經過，新人也會威脅到她們的地位。

只是沒有這個自覺，其實自己應該也是像這樣一路奪取了別人的椅子。

由美子早有心理準備，這一天遲早會來。

但是，這是不是太快了呢？

千佳作為演員是第五年，但作為聲優才第三年。

現在就有後輩威脅到她，這也太快了……

最重要的是，由美子不想看到她現在這個樣子。

不想看到自己憧憬的存在如此輕易地敗退。

「為什麼在這種車站……」

千佳下車的地方，是由美子不熟悉的車站。

車站裡沒有人影，再加上時間也不早了，由美子開始感到不安。

由於千佳始終沉默不語，這讓她更是害怕。

走出小巧的車站之後，一陣強風晃盪著頭髮。

「海……？」

車站外沒有多少路燈，放眼望去的景色是一片漆黑。

然而，微弱的亮光與海潮的味道，讓由美子知道現在位於大海附近。

此時也聽得見平穩的波浪聲沙沙作響。

儘管黑色的大海有些令人毛骨悚然，但千佳就像被吸引過去那樣靠近大海。

海邊也沒有人影。

由美子雖然感到害怕，依然跟在千佳後面。

「噯，渡邊。為什麼要來海邊……？這裡有什麼東西嗎？還是說，妳是想那個，來大喊的是嗎？大混蛋——這樣……」

感到不安的由美子話也多了起來，不停發問，但千佳沒有回答。

千佳只是默默地走著。

但由美子說著說著，開始覺得自己可能說對了。

只要向著大海奮力吶喊，或許多少能痛快一些。

再不然，就是望著大海沉浸在自己的世界之類。

這樣做應該也能讓心情平靜下來吧。

再怎麼樣，都遠比待在房間裡鑽牛角尖好多了。

「嗯？渡邊……？等一下，很危險耶。」

防波堤以長方形向大海延伸。

千佳踏上了防波堤，步履蹣跚地走著。

在防波堤的另一端可以看到燈塔，但防波堤本身沒有光源。

一個不小心很有可能掉進海裡。

然而，千佳好似好像完全沒聽到由美子的話那樣，完全沒有停下腳步。

由美子戰戰兢兢地跟在後面，到達防波堤的另一頭。

她是要在這裡喊嗎？

由美子默默地守望著千佳的行動，隨後千佳先是把包包放在地上。

接下來，她做出了出乎預料的舉動。

她突然朝著大海全力奔跑。

「咦……等……渡邊……！」

千佳不擅長運動。

但由美子看得出她在全力奔跑。

可是，在這種地方奔跑也太危險了。

要是掉進海裡怎麼辦——由美子打算這樣提醒她。

千佳她——

跑到盡頭之後，直接衝過去。

就這樣跳進海裡——

「——渡邊！」

千佳從防波堤跳向大海。這一幕實在是太不真實了。

就在由美子懷疑自己的眼睛時，就傳來嘩啦一聲巨大的水聲。

千佳掉進了海裡。

由美子瞬間臉色蒼白。差點就當場暈了過去。

她以變得一片空白的腦袋瘋狂地吶喊著「渡、渡邊，笨蛋，啊，渡邊！」，同時自己也跑向盡頭，原地蹲下。

眼前，只有漆黑的大海發出波浪的聲音。

「渡邊、渡邊、渡邊！」

消失在海裡的千佳沒有回應。

——那傢伙應該不會游泳啊！

各種想法在腦海來回打轉，她的呼吸變得急促。

心臟不斷瘋狂跳動，甚至有點痛。就算按住胸口，呼吸也愈來愈短促。

焦躁感頓時竄過全身。

「渡邊——！」

回過神來，由美子也跳進了海裡。

儘管聽到嘩啦的水聲，但立刻模糊了。

她被吸入昏暗深邃的大海之中。

全身瞬間變冷，衣服吸了水，一下子變得很重。

由美子因為跳進水裡而感到疼痛，依然把臉探出海面。

「噗哈！渡邊！渡邊、渡邊！妳在哪！妳在哪啊！快回答我，渡邊！」

她拚命放聲大喊，但聲音只是空虛地在原地迴響。

這裡的光源只有燈塔漏出的光，而那是照不到海裡的。

她不知道千佳在哪。

怎麼辦怎麼辦——正當她為此著急，聽到稍遠一些的地方傳來了水聲。

「噗哈！」

「渡邊……！」

千佳背對著由美子，將頭探出海面。

她沒事。總之至少看到她了。

由美子見狀頓時感到安心，彷彿全身的力氣都要沒了。

由美子心想好歹要讓她解釋一下這個狀況，準備靠近她——

此時，千佳把臉朝向天空。

大大地張嘴。

然後——朝著月亮大聲吼叫。

「唔啊啊啊啊啊啊啊啊啊啊啊啊啊啊啊啊啊啊啊啊啊啊啊啊啊啊啊啊啊啊啊啊啊啊！」

猶如野獸一般的吶喊。

狂叫。

在那聲嘶力竭的叫聲之中，究竟灌注著什麼樣的感情，由美子再清楚不過。

千佳透過叫聲告訴她，自己現在是什麼樣的心情。

「渡邊……」

不甘、懊悔，懊悔得不得了。

有股激昂的情感帶著異樣的熱氣，在肚子劇烈翻攪、不斷膨脹，甚至讓人覺得身體彷彿要從內側破裂。

不甘心，丟臉，懊悔，對自己生氣，悲傷，懊悔懊悔懊悔懊悔懊悔！

她無法壓抑這無處宣洩的情感，所以才像現在這樣吶喊。

不知為何，流下了淚水。

熱淚落在被海水濡濕的臉上。

在夜晚的海裡，獨自向著月亮吼叫的她，依然是那個夕暮夕陽。

那是由美子憧憬的、希望能追上的、像笨蛋一樣率直的、高傲的少女。

看到千佳這副模樣，淚珠撲簌簌地流下。

但是，不能再這樣下去。

「渡邊……會感冒的，而且很危險。我們上去吧。」

由美子靠近她，如此搭話。

千佳在喊完之後，再次低下頭。

「渡……」

由美子正打算喊千佳的名字，下一刻千佳就回過頭來，抓住了由美子的雙手。

她依舊低著頭，但發出了咬緊牙關的聲音。

她猶如呻吟那般開口：

「不甘心……我好不甘心……！Phantom！櫻庭……！是我的驕傲……！再這樣下去……我就會只是個時機湊巧、只是個運氣好的聲優……！」

她看起來十分難受，打從內心感到難受地如此傾訴。

被抓住的手很痛。

千佳的手上，就是蘊含著如此強烈的念想。

無論哪個聲優，都有對自己來說特別的角色。

就像「塑膠女孩」的萬壽菊對由美子來說那樣，對千佳來說，櫻庭是特別的。

那就像是自己的另一半。

真的真的就是如此重要。

她明明自許只有自己能扮演那個角色。

要是連這點也遭到否定的話……

自然不難理解她會如此亂了方寸。

「而且，我……我……」

這時，千佳終於抬起了頭。

濡濕的頭髮貼在臉上，身體也整個濕透。

看起來十分悽慘。

即使如此，她的眼神也沒有死。

殘留在其深處的光芒，確實地看著由美子。

明明身處如此糟糕的狀況，由美子卻不禁心想「啊啊，好漂亮」。

然後，千佳在抓著手的那隻手上進一步使力。

千佳猛然抬頭，仰望由美子，喘著大氣，吐露出自己的心聲。

「我……！雖然我就是絕對不想被妳追過……！但也同樣覺得……如果要被追過，我希望那個人是妳啊……！」

她把額頭靠在由美子的胸口，像是沉吟般繼續說道：

「我只希望……是妳走在我的前面……！」

她的願望看似矛盾，卻並不矛盾。

唯獨不想輸給這個傢伙，不想被這個傢伙超越。

這種想法絕不虛偽，是再真實不過的心聲，但她也同時心想「如果要被超越、會輸的話，起碼得是這傢伙」。

正因為認同對方，才會同時懷抱著這樣的想法。

但是，結衣出現在她們面前。

在她們兩人競爭的世界當中，結衣就這樣突然出現了。

「渡邊……」

千佳用額頭靠著由美子，啞然失聲。

由美子不知道該對她說什麼才好。

「嗚……嗚……」

只有含糊不清的聲音傳到耳裡。

她顫抖的聲音聽起來很壓抑。

她在哭嗎？

說不定是感情無處宣洩，因此變成了淚水。

那麼，是不是讓她哭個痛快比較好呢？由美子如此心想，打算摟住她的肩膀，就在這個瞬間——

耳朵壞掉了。

「嗚啊啊啊啊啊啊啊啊啊啊啊啊啊啊啊啊啊啊啊啊啊啊啊啊啊啊啊啊啊啊啊啊！」

「————！」

千佳再次向著月亮發出吼叫。

就在由美子的旁邊。

聽到這誇張的音量，耳朵頓時嗡嗡作響。

音量大到足以讓腦袋暈眩。

這傢伙竟然在眼前大吼。

「笨蛋笨蛋笨蛋！吵死了！妳是壞掉的警笛嗎！」

「好痛！」

由美子反射性地使出頭槌制止了千佳。

千佳揉著額頭，一臉不滿地抱怨起來。

「為什麼要妨礙我啊……！我現在為了前進，為了發奮圖強，為了宣洩情感正在吶喊呢！」

「既然眼前有人就別這麼做啊！在這個距離大喊大叫的，我的耳朵都要爆了！妳總是一個人孤零零的，肯定不知道聲音傳播的距離吧！」

「又來了。我真的很討厭妳這種地方。更何況是妳自己跟過來的吧！這樣妳還抱怨，看來妳愈來愈習慣投訴了是吧！」

「啊！啊——妳還真敢說！我可是擔心妳才特地跟過來的耶！」

「哎呀哎呀，又像平常那樣在大發慈悲？自以為是地對人親切還要求回報，看來妳的個性是愈來愈惡劣了呢！」

「這傢伙……！」

兩人浮在海面上，開始了一如既往的爭吵。

「啊，真是的……累死了……」

所幸從海裡上岸並不困難，由美子平安回到了岸上。

但是，她湧起強烈的疲勞感。

水濕答答從頭髮、衣服上滴落，在地面上擴散。

或許是因為身體沉重，又或者是因為心情低落，她自然地變得有些駝背。

「真是的……這該怎麼辦啊……明天還得去上學耶……」

全身濕透，時間也已經是深夜。

要是有人看到這種狀況，感覺會直接報警。

「呼———……」

千佳露出莫名痛快的表情，同樣回到了岸上。

她和由美子一樣，制服完全濕透了。

頭髮上也有水滴答滴答地落下。

她用力甩了甩頭，然後撩起了濕潤的頭髮。

「啊……腦袋總算冷靜下來了。」

「腦袋冷靜……我想這肯定不是指物理上的意思……」

由美子嘴上如此糾正她，卻有點心跳加速。

因為，千佳就像是在表示終於舒坦了那樣，在月光的照耀下撩起頭髮，看起來莫名地具有魅力。

是美少女。眼前有個濕漉漉的美少女。

猶如芙蓉出水……

這都是因為千佳的臉龐清晰可見，再加上濡濕的制服、夜晚的大海這種特殊的場景。

長相好看的女人真夠狡猾。

不不不，現在不是看入迷的時候。

「總之我們先換衣服吧……啊——幸好今天有體育課……」

眼見周圍沒人，現在又是黑夜，於是她們開始原地換起衣服。

脫掉濕透的制服，用毛巾盡可能地擦乾身體與頭髮。

由美子在取出運動服的同時，特別認真地提醒千佳。

「是說，小千佳。這樣真的很危險，別再大半夜地衝進海裡了啦。雖說我明白妳心裡面現在是一團糟就是。」

由美子嘴上這樣說，內心也覺得剛才的舉動是有必要的。

因為千佳原本鬱悶的眼神當中，正在慢慢地重新點燃火焰。

放下了心中的大石，或許就是指這樣的狀況。

不過，一碼歸一碼。

危險的事情就是危險，這點依然得提醒她才行。

然而，千佳卻聳了聳肩，以平淡的語氣回答。

「我也不是什麼都沒想就跳進去的。以前我看到這片海的時候，就想過『感覺跳進去也不會有什麼問題』，所以才選了這裡。」

「看到海後會覺得跳進去也沒事的，肯定只有妳吧……」

確實，剛才是沒花多少工夫就上來了。

但是，衝進夜裡的大海是極其危險的行為。這樣不行。

要是千佳的母親知道，感覺會當場暈倒。

然而，千佳微微搖了搖頭。

「如果是這個意思，我才嚇了一身冷汗呢。因為佐藤想都沒想就跳進來了。反而是妳更加危險。」

「那是……」

這也沒辦法啊。

由美子不知道千佳會不會游泳，自然會覺得自己得去救她。

下一刻，千佳露出微笑，對由美子投以壞心眼的目光。

「佐藤就是非常擔心我對吧？一直不安地跟在我後面晃來晃去。畢竟妳最喜歡我了嘛。真拿妳沒辦法呢。」

「啥……啥啊！什麼、意思？我、我不懂妳在說什麼。我、我才沒擔心妳，而、而且，我根本就不喜歡妳。我、我可是討厭妳的！別誤會喔！」

因為千佳說了奇怪的話，害得由美子講話都變得有點尖。

千佳或許是因為剛才跳進海裡，情緒顯得很亢奮，也可能是放鬆得恰到好處。

她發動了不同以往的攻擊。

「是是是。」

而且，最後還像這樣把由美子的話簡單帶過。

這、這是怎樣？真令人火大……

話雖如此，現在反擊似乎也不太有利。由美子決定老實地繼續換衣服。

她姑且先換上了運動服。

然而，頭髮還很濕，身體也很冰冷。

由於吹來的海風教人難受，由美子戳了戳千佳的身體。

「好了，我們趕緊回去吧。這樣會感冒的。」

「也對。這樣下去會感冒呢。」

「妳以為是誰害的啊？」

「我不是那個意思。我想應該先暖和一下身體比較好。」

千佳說著莫名其妙的話，開始操作起手機，然後把螢幕畫面朝向由美子。

上面映著極為吸引人的畫面。

「稍微往前走一點，有間二十四小時營業的公共澡堂。我的意思是反正都已經濕了，乾脆去泡個澡比較好這樣。」

「…………」

真希望她別這樣。

可以不要給出這種超有魅力的提議嗎……

身上又濕又冷，而且頭髮也浸到海水變得硬邦邦，實在很想立刻泡澡。

由美子想像了寬敞且暖和的浴池，心中湧起一股暖意。

比起濕著身子直接回去而感冒，肯定是先讓整個身體徹底暖和一下比較好。
可是。
「……不，我們還未成年啊。身邊沒有大人的話，不會讓我們晚上進去吧。」
「要是在櫃檯被阻止，我們可以放棄直接回家就好了。到時至少可以買條毛巾再走。」
「………………」
應該說她真有膽識嗎？
抱著死馬當活馬醫的心態，走一步算一步確實也不壞。
如此這般。
她們來到了附近的這間二十四小時營業的公共澡堂。
整個設施並不是很大，但入口和外觀十分整潔，讓人很有好感。
櫃檯只有一個睡眼惺忪的大姊姊。
而另一邊是拿著書包、穿著學校運動服的兩人。
她們盡可能藏住書包的校徽，就這樣付了錢。
「…………」
大姊姊雖然看了她們一眼，但意外乾脆地就讓她們進去了。
是不覺得她們還未成年，還是怕麻煩而裝作沒注意到呢？再不然是察覺到她們另有隱情嗎？

不管怎麼樣，實在是很感激。

或許是因為時間已經臨近平日的深夜，設施裡基本上沒什麼客人。

兩人壓抑著急迫的心情，直奔大浴池。

畢竟有些潮濕的運動服也差不多開始讓人難受了。

「啊～……活過來了～……太棒了～……」

沖洗過被海水弄得硬邦邦的頭髮和黏糊糊的身體後，由美子泡在熱水裡面，發出了幸福的聲音。

冒著熱氣的大浴池響起了咕嘟嘟嘟嘟……的水聲。

這股熱度滲進了冰冷的身體。

舒服到覺得自己處於世外桃源。

大浴池沒有其他客人，感覺就好像包場一樣，實在是棒極了。

「真的……好舒服啊……」

在旁邊泡著熱水的千佳呼一聲吐出一口氣。

恰到好處的水溫讓身體的力氣徹底放鬆，非常舒服。

這會讓人想一直泡在裡面呢……

「……………」

「……………」

儘管彼此沒什麼對話，但不像在電車上的時候那麼尷尬。

只是著享受舒緩心情，好好放鬆的感覺。

然而，這時千佳清了一下嗓子。

「唔、唔唔……呃，那個。佐藤？」

「怎麼啦？」

「那個——……今天，那個……謝謝妳陪我一起過來。」

「啥？」

聽到這過於出乎預料的話，由美子慌張地望向千佳。

千佳見狀嚇了一跳，頓時撇開了臉。

她背著臉，支支吾吾地說：

「我……以前不管發生什麼事，多半都會一個人整理思緒。所以……該怎麼說呢。妳讓我覺得，這種時候有個人在身邊，其實還挺安心的……」

千佳縮著肩膀，這樣說道。

她看起來並沒有在捉弄由美子，也不是在開玩笑。

咦？等一下。

這孩子竟然能說出這麼討喜的話嗎……

由美子不由得感動不已。

「不，呃，嗯……要、要有幫上忙……就好。我是不知道啦。」

由美子為了掩飾害羞，講話變得很隨便。

她不禁在心裡吶喊「我真不可愛啊！」。

接著她們不再說話，彼此持續了一段忸忸怩怩的時間。

然而，千佳再次開口。

這次她的聲音聽起來很認真。

「佐藤……妳覺得她比我還厲害嗎？」

一提到結衣，身體自然地緊繃起來。

有一瞬間，差點說出與內心想法背道而馳的話。

但是，這樣不對。

就算現在暫時安慰她也無濟於事。

由美子做好心理準備，隨後坦承回答。

「……我覺得她比渡邊更厲害。現在，是那孩子更有實力。」

「這樣啊。」

千佳的回應很平靜。

後來，她什麼也沒說。

想必剛才只是在確認吧。

她並非想要由美子安慰或是鼓勵。

但是，由美子就是想要告訴她自己的想法。

「我說了，是現在。渡邊應該會立刻追過她的吧。妳不可能只是默默看著。關於這點，我很相信妳喔。」

由美子望向前方，坦率地講出自己的心情。

她雖然感覺到千佳目不轉睛地盯著自己，但她沒能與千佳四目相接。

害羞和難為情的情感實在是更勝一籌。

不久，千佳似乎也重新望向前方。

她用鼻子哼了一聲。

「嗯，沒錯。我就是為此切換心情的。讓腦袋冷靜，爆發內心的不甘。接下來我會好好看著前面的。」

「下次要用個更有現代人風格的方式切換心情喔。妳老說別人野蠻說個不停，結果今天的妳是最野蠻的。」

「我不過是做了一次野蠻的事，也不會讓妳的品格有所提升吧？麻煩妳別那麼可悲地會錯意好嗎？」

「這傢伙……」

她在逐漸找回原本的態度……

雖說這比她繼續消沉來得好，但這樣就不可愛了……

然而，千佳立刻換上了嚴肅的表情，喃喃說道：

「當然，我是打算再次超越高橋小姐……但高橋小姐很厲害。感覺就是見識到自己的高階版那樣。她擁有我不足的東西呢……」

「…………」

千佳老實地承認了結衣的實力，而且還說自己「輸給了她」。由美子聽了後不禁五味雜陳。

準確地判斷別人的實力是很重要的。

但是，由美子還是不希望夕暮夕陽說出「輸掉了」。

「該怎麼辦……才好呢……也沒什麼時間……」

千佳用手指抵著嘴角，開始沉思。

由美子隨即捏了她的臉頰。

正當由美子享受著頗具彈性的觸感時，千佳一臉不悅地瞪著她。

「怎樣啦？」

「這些事情稍微延後一點再想也可以。總之，現在就先慢慢休息吧。簡單講呢，就是先讓身心都恢復之後，再來挑戰這個難題啦。」

去了學校，接著去錄音，被糟糕的現場和厲害的後輩嚇到。

衝進海裡，大聲叫喊。

今天發生太多事情了。

要是不稍微休息一下，腦袋會炸掉的。

或許是由美子想表達的意思傳達了出去，千佳緩緩吐出一口氣。

她粗魯地撥開手，一鼓作氣把肩膀沉到了水裡。

眼見千佳接受了建議，讓由美子不由得感到安心。

「話說回來，渡邊妳明明是個運動白痴，竟然會游泳啊。」

由美子訊問自己在意的事情。

老實說，千佳掉進海裡的時候，由美子已經有她會死掉的心理準備。

因為她壓根不覺得千佳會游泳。

千佳以尖銳的目光投向由美子，咂了一下舌。

「誰是運動白痴啊。」

「咦？是反駁這個？不是，這根本藏不住吧。畢竟我們一起上了一年的體育課，就算我不想看，妳那慘不忍睹的模樣也會映入眼簾啊。」

「…………」

千佳一臉不滿地噘起嘴。

她不情願地開口說道：

「……我以前上過游泳學校。因為媽媽說『因為妳肯定會掉進河裡或是海裡』。老是操這種無謂的心，真讓人傷腦筋。」

「妳今天就掉進去了，所以妳媽媽是對的嘛。該不會妳小時候其實也掉進去過好幾次吧？」

「真失禮耶。掉進去的次數好歹也數得出來。」

「還真的掉進去過啊……」

該說不愧是做家長的嗎？完美地預測到了她的行動。

看樣子，千佳從前就這麼冒失。

今天千佳還秀了一手泳技，她應該感謝母親。

「話說，小結衣也說過興趣是游泳來著……」

由於剛才還在聊結衣的事情，由美子不自覺地提到這件事。

她的肌膚之所以會曬黑，似乎是因為室內泳池。

由美子想起她曾笑著說：「在室內也會曬黑喔——」。

儘管由美子提起她並沒有什麼特別的意思，但不知為何千佳一臉不悅地歪起了嘴巴。

「……怎麼了？」

「明明是妳說別去想的，竟然自己提起高橋小姐？那孩子現在也會去泳池游泳，游泳方面肯定也是她更厲害吧～不只是演技，連私生活也是高階版呢～妳的意思是這樣？」

「好可怕好可怕好可怕，怎麼啦？可以不要在奇怪的地方激動好嗎？是我不好啦。」

由美子好像在莫名其妙的地方激怒了千佳，使得千佳不停開砲。

她感覺很麻煩便直接道歉，但千佳似乎對此也不領情。

千佳不斷咂舌，狠狠瞪了過來。

然而，此時千佳的手碰到了由美子的胸部。

胸部的觸感讓千佳將視線往下。

她就這樣目不轉睛地盯著看。

由美子剛湧起一種不好的預感，果不其然，千佳指向了下面。

「既然妳覺得自己錯了，就給我看看妳的誠意。」

「妳這種講法完全就是小混混耶……與其說是看我的誠意，應該是要看我的胸部吧？」

「妳以為只是看就算誠意了？當然也要摸才算是一套啊。來，從水裡拿出來。」

「咦，不要啦……在這種公共場合……」

「說是這樣說，但這裡也只有我和佐藤吧。有人來的話我就停下。好了，快點。」

「妳是不是對我的胸部越來越隨便了……？」

「真失禮耶。我總是懷著敬意的。好了，快點快點。」

由美子被她催著，不情願地原地跪坐。

看著千佳露出滿懷期待的眼神把手靠過來，由美子頓時不解地歪了歪頭說：「話說，這是我的錯嗎……？」

泡過澡，治癒疲勞，身體也暖和過了。整個人暖烘烘。

然而，即使身體變得舒坦許多，衣服的問題依然沒解決。

「唔嗯……」

由美子在更衣室拿起有點濕的運動服。

真不想穿上這個啊……

好不容易才暖和起來的說……

話雖如此，制服整個都濕透了，而且這個時段穿制服也很危險。

由美子正無奈地準備套上運動服袖子時。

「唔？咦？渡邊。妳為什麼穿著那個。」

千佳已經先換好了衣服，由美子看到她的服裝後嚇了一跳。

因為她身上穿著店裡租借的室內衣服。

那是類似簡易睡衣的那種衣服，可以穿著它在設施內走動。

「現在都要回去了，妳還穿著那個做什麼？室內衣服不能帶回家吧？」

「這裡好像有各種設施，機會難得，稍微休息一下也不為過吧？」

「唔？唔唔、嗯……」

這間公共澡堂不僅可以泡澡，還設有可以讓人放鬆的休息區、淺眠室、餐廳以及咖啡廳，洗完澡可以悠哉地享受。似乎是這樣。

就時間上來說是讓由美子有些抗拒，但急急忙忙回家也有點可惜。

如果只是稍微休息一下，簡單喝點飲料的話，或許還在許可範圍……

由美子以此為藉口，同樣換上了室內服。

就這樣，兩人一起走出更衣室。

她們赤腳在設施內走了一會兒，發現這裡客人很少，空蕩蕩的。

可是，這樣反而能悠哉地待著。

總之，去休息室或咖啡廳喝點飲料……正當由美子這樣想，千佳摸了摸肚子。

「肚子餓了。」

「不會吧……妳不是跟我們一起吃過晚飯嗎……」

「當時確實吃飽了，但就是突然餓了。」

「…………」

是因為取出了內心的刺吧。

畢竟她在配音時被徹底擊潰，無法像平常那樣進食也是當然的。
這樣一想，千佳的食欲恢復或許是一件好事。
「……那就去餐廳吧。我可以喝點果汁什麼的。」
聽到這句話，千佳頓時露出開心的表情。
然而，看到千佳在餐廳點了炸豬排咖哩，由美子不禁嚇了一跳。
「妳到底有多餓啊……」
在只有她們兩人的餐廳裡，千佳對著炸豬排咖哩合掌。
滿滿的咖哩醬，厚實的炸豬排，這頓飯相當有分量。
她說了句「開動了」，隨後大口吃了起來。
那吃相讓人不覺得這是宵夜。
「好粗。」
「啊，是嗎……」
由美子單手拿著柳橙汁，嘆了口氣。
要是有人在眼前吃飯，肚子自然會餓，但這時間吃飯也太誇張了。
想說好歹要抵抗一下，由美子對千佳說了句多餘的話。
「這時間吃炸豬排，會胖的喔。」
「我是不管吃什麼都不會胖的那種人。」

「…………………………………………」

由美子一副「真受不了這傢伙」的模樣趴在桌上。

她趴著的時候，千佳依然津津有味地在享受咖哩。

平常千佳總是露出帶有不滿的表情，但吃東西的時候看起來十分幸福。

「……算了，的確。我覺得姊姊還是多吃點比較好。」

由美子想起千佳的裸體。

千佳的身體沒什麼肉，太苗條了。

所以稍微胖一點比較好。

她說過晚飯「吃可樂餅和飯就夠了」。從這點看來，與其說她不會胖，更像是平常嫌麻煩沒什麼在吃飯吧。

千佳對由美子的話起了反應，猛然停下手。

她緩緩俯視自己的身體。

「……要是多吃點變胖的話，我也能擁有像佐藤那樣的美妙胸部嗎？」

「我是不知道啦……不過妳照現在這樣，胸部也不會變大的。」

千佳變成大胸部的樣子也很難想像就是。

千佳稍微思索了一會兒，喃喃說了一句。

「不過……要突然變胖也很難，而且想摸的話還有佐藤的。」

「可以別把人家的胸部當成橡皮擦之類的對待嗎？」

由美子表現出氣憤的樣子，但千佳把這當作耳邊風。

最後，千佳清空了炸豬排咖哩。

「真好吃……」

一臉滿足地揉著肚子的千佳看起來十分幸福，就像個年幼的孩子。

由美子看到她的反應雖然感到傻眼，但也覺得這樣很有她的風格。

這時，千佳突然不高興了起來。

「怎麼？妳笑什麼？」

看來，由美子下意識地放鬆了嘴角。

她一邊擋住自己的嘴，一邊冷淡地回了一句「沒什麼」。

被追究也很麻煩，於是由美子把視線落在手機。

她就這樣隨便玩了一會兒手機，忽然注意到千佳莫名安靜。

抬頭一看，發現千佳已經開始昏昏欲睡。

由美子慌張地挺起身子。

「啊，等一下，姊姊。我們要回去嘍。別在這種地方睡覺啦。」

因為周圍沒有人，她們太過放鬆了。

看了看時鐘，已經過了一段不短的時間。

現在這樣有辦法坐電車回家嗎？……沒問題嗎？

由美子驚慌地向千佳搭話，但她顯得一臉愛睏。

她嗯嗯連聲點頭，但反應很遲鈍。

「好啦，我們回去嘍。書包拿好。快沒時間了。」

由美子把書包塞給正在揉眼睛的千佳，拉著她的手走出餐廳。

吃飽了就想睡覺，這完全就是小孩子。

由美子以單手操作手機，查著電車的時刻表，此時千佳突然停下了腳步。

「佐藤。」

「怎麼了？」

由美子回頭，看到千佳指著某個地方。

上面寫著「前方，淺眠室（女性專用）」。

這個時段是深夜價格，但相對地可以從深夜使用到早上。

由美子她們已經付了深夜的費用入場，自然可以用到早上。

由美子的心頓時動搖。

她度過了行程密集的一天，已是疲憊不堪，而且剛洗好澡的身體暖和得恰到好處。

要是現在躺下，想必能睡個相當舒服吧。

「不……不行不行。再怎麼說住下來還是太誇張了……明天還要上學呢。」

由美子用力搖頭，甩開誘惑。

然而，千佳用朦朧的眼神推了她最後一把。

「但是，現在離開也不知道能不能趕上電車……要是搭計程車，花費還挺凶的。況且也不能報帳。」

「嗚……」

這個問題確實無法等閒視之。

雖然她們是工作後回家，但會來這裡完全是基於私人原因，自然不能報帳。

如果坐計程車回家，到底要花多少錢呢……

「只要搭首班車回家的話，就幾百圓。」

千佳甘美的低語具有致命的魅力。

要是現在慌張回家，肯定是會一陣手忙腳亂，到最後很可能還得坐計程車……

而且剛洗完澡也有可能著涼……

嗚嗚……

「……好吧。就住下來吧……」

到頭來，她輸給了誘惑。

千佳像是早就明白會變成這樣那般，點了點頭。

兩人不動聲色地窺視了一下淺眠室，裡面沒有人。

間接照明正發出些許亮光照著房間，雖然顯得有些昏暗，但相當寬敞。
房間內整齊擺放著簡易床鋪，不過感覺並不是便宜貨。
應該說看起來很高級，似乎能睡個好覺。
千佳微微動著嘴，同時很快就打算躺下。
「啊，等一下，渡邊。先跟妳媽媽聯繫一下啦。」
沒說一聲就外宿還是太不妥了。
起碼得說一下理由，向家長報告今晚是迫於無奈而住下的才行。
「咦？啊……也對……」
千佳睜開睡眼惺忪的眼睛，半夢半醒地操作手機。
「嗯……嗯……所以……咦？嗯……不知道……」
她背對由美子，小聲地講著電話。
千佳母親的聲音通過電話隱約傳了出來。
由美子沒有聽清楚內容，但至少知道對方的音量很高……
看來，應該是在生氣吧……
這時千佳突然回過頭，由美子不禁嚇了一跳。
她把手機遞向由美子。
「佐藤。媽媽說要妳接。」

「啊……是可以啦……」

想必是要確認千佳是否真的和由美子在一起吧。

外宿的時候這樣確認也很常見。

但是，千佳就像是在表示「任務完成」那樣開始躺下去，於是由美子「喂」了一聲。

先別睡啊——由美子一邊用腳鑽著她的背，同時接起電話。

「喂喂，電話換人聽了，我是佐藤。」

『……啊，由美子。』

手機裡傳來疲憊的聲音。

眼前彷彿能浮現對方抱頭苦惱的樣子。

「對不起，因為工作上發生了不少事情，不知道能不能搭上末班車回家，所以才想說要搭首班車回去……若是無論如何都要她回去的話，我會把她拖進計程車的。」

『我是想這樣沒錯，但千佳已經快睡著了吧？現在要把她拖走可是很辛苦的，所以今天就破例允許她吧。』

聽到對方不情願的口吻，由美子不由得苦笑起來。

然而，接著千佳母親的聲音開始顯得有些歉疚。

『抱歉，由美子。千佳給妳添了不少麻煩吧？』

「嗯，確實不少。」

聽到由美子直截了當地認同，這次輪到千佳母親苦笑了。

『不好意思，就拜託妳照顧她了。如果她和由美子在一起的話，也比較放心。』

對方說得很自然，但這種信賴不知道是該感到開心還是感到困擾。

然後，在掛斷電話的時候，她還說了這樣的話。

『由美子，謝謝妳跟千佳處得這麼好。』

「不，我們處得不好。」

『呵呵，是啊。那麼，回來的時候要小心點喔。』

聲音在最後變得稍微柔和了一些，然後電話被掛斷了。

由美子明明從剛才就在用腳戳千佳，但千佳已經開始發出鼾聲。

「我們哪有處得好啊……」

由美子自言自語，隨後把手機還給了千佳。

這次要打給自己的家人。

母親還在工作，所以由美子把外宿的來龍去脈，以及對沒能準備晚飯而賠不是的內容寫在簡訊。

發出去前，她突然想做一件事。

「這傢伙，睡臉真可愛啊……」

由美子將千佳熟睡的臉拍下，跟簡訊一起發了出去。

隨後，她躺下來。

床與床幾乎貼在一起，旁邊就是千佳的臉。

只要閉上眼睛，原本尖銳的眼神也無關緊要。

她以孩子那般天真的臉，發出微小的鼾聲。

「臉真的是很好看呢……」

由美子把手放到了千佳的頭上，頭髮隨之晃盪。

就算繼續摸著頭髮，千佳依然沒有醒來的跡象。

畢竟發生了結衣那件事，現在看到千佳能睡得如此安穩，由美子純粹地感到開心。

千佳之後肯定會投身於苦澀的煩惱之中。

「我也……得做點什麼才行……」

由美子把頭重重地放在床上。

她用手指纏著千佳的頭髮，面對自己的煩惱。

就像模仿千佳的演技那樣，結衣八成也可以模仿由美子的演技。

只要她有那個意思就可以輕易超越歌種夜澄，這點毋庸置疑。

這次只是千佳的狀況浮出了水面，由美子也與千佳有著相同的危機。

遭到後輩奪走立足之地的危險。

這樣的危險已經逼近自己身後。

這個問題，也與自己畢業後的出路息息相關。

為了不讓別人奪走自己的椅子，要專注在聲優這條路上拚命努力嗎？

要考慮被奪走椅子的狀況，把升學之類的其他道路納入選擇嗎？

再不然，要笑著說「那時候真開心啊」回歸極其普通的生活呢？

「要考慮的事情……太多了……」

就算沒有這些事，也必須撐過「魔女見習生瑪修娜小姐」的現場才行。

下次的劇本都還沒定案，自己要怎麼在這種狀況下磨練演技呢？

腦袋塞滿了各種煩惱。

但是，疲憊的腦袋沒辦法好好思考，回過神來已經墜入了夢鄉。

「……唔。」

由美子因為手機的鬧鐘聲而睜開眼睛。

她慌張地停下鬧鐘，環視四周。

所幸除了由美子她們沒有其他人用淺眠室，她頓時鬆了口氣。

她揉著睡眼惺忪的眼睛，同時敲了敲旁邊的千佳的頭。

「來，姊姊。要回去嘍。」

「唔……不要……」

「不要什麼啦。最壞的情況，我會丟下妳自己回去喔。」

由美子說到這，千佳終於挺起了身子。

由於起床時間是配合首班車，現在還相當早。

兩人強忍呵欠，從租借的室內服換回仍然潮濕的運動服。

她們離開公共澡堂，坐上了首班車。

乘客只有她們。

窗外的朝陽十分耀眼，刺得眼睛很痛。

一想到要先回家然後再去學校，就覺得實在很懶。

「今天已經不能穿制服了吧……跟老師解釋一下，穿運動服好了……」

正當由美子在自言自語時，她突然感覺肩上有股重量。

她看過去，發現千佳把頭靠在自己的肩上，睡得很香。

平常的話，她早就把頭推回去了。

但唯獨今天，由美子凝視著耀眼的朝陽，只是吐了口氣。

NOW ON AIR!! 第58回

「呃——來自化名『大叔臉高中生』同學。大叔好久不見了呢？呃——『夕姬、夜夜，早安』。早安～」

「早安……咦？噢，聽說他寄了好多來信。那應該只是單純沒辦法用，廢棄掉了吧。」

「別這樣講啦。他說『因為二位出演了『魔女見習生瑪修娜小姐』，所以我就去看了！也很期待特別節目！』喔。多謝多謝。」

「會想珍惜這種會追星的粉絲呢。」

「可是妳剛才講話倒是挺過分的。呃——他說『如果有關於錄音的趣事，請務必講一下！』。嗯，錄音現在是一帆風順呢。」

「是啊。非常順利喔。趣事……有什麼嗎？」

「後輩給了很大的壓力？」

「啊……說是後輩，就是高橋小姐啊……聽過來賓回的聽眾應該知道，那孩子不怎麼聽人說話……」

「為了避免有誤解，我先聲明一下，小結衣是個超級好的孩子喔。超——級乖巧。不過，就是那個啦。我不說是誰，但就是挑的對象不好。畢竟對方是個人際交流停在新手教學的傢伙嘛。」

「啥？又來了。我真的很討厭妳這種地方。我反而想說，妳才是跳過了新手教學吧？畢竟妳這個愚蠢人種還會宣稱靠氣勢蒙混過關的人際交流是『交流能力！』。還是趕快被淘汰掉吧。」

「要被淘汰的應該是妳吧。妳連個氣勢都沒有，到底有什麼？」

「冷靜沉著。這是妳一輩子都無緣的東西。羨慕嗎？」

「這傢伙……啊，算了，因為我很生氣，先唸下一封來信了——來，夕，唸下一封。」

「真囉唆耶……呃——化名『大口灌威士忌』同學。『「幻影機兵Phantom」宣布說BD有特典影像耶！』」

「啊——情報已經出來了嗎？預告影像也有一點點對吧。」

「『我大吃一驚！聽說夜夜扮演的白百合也會登場，所以我非常期待！』他是這麼說的喔。」

「就是啊——哎呀——真令人開心呢——當然關於內容我還不能說，我之前也以為白百合不會再登場了。我也很高興能久違地扮演這個角色喔。」

……………………

「是啊。還有一陣子才會錄音，不過有很多——」

夕陽與夜澄的高中生廣播！
YUHI to YASUMI no KOUKOUSEI RADIO!

to be continued……

「……終於來了啊。」

由美子在教室被分到一張紙，不禁嘆了口氣。

安靜的班會也由於那張紙變得有些吵吵嚷嚷。

疑問的聲音頓時在教室裡此起彼落，「這個還要寫大學的名字嗎？」「咦，要寫那麼詳細？」「我才想好第一個而已耶」。

「好了好了，我會解釋的，各位同學仔細聽好——」

班導輕輕拍了拍手，接著開始具體說明。

由美子聽著班導講話，同時盯著那張紙看。

「畢業出路調查」。

第一志願，第二志願，第三志願……看到寫著這些內容的紙，她再次發出嘆息。

到頭來，她依然沒決定自己的出路。

不僅如此，最近光是後製錄音的事情就讓她忙得不可開交，甚至無暇思考這件事。

「乾脆寫新娘好了～」

她一邊伸著懶腰，同時自暴自棄地這樣說道。

接著，坐在後面的女生不禁向她搭話，說「怎麼，由美子。妳已經有對象了？」

「有喔有喔。之前聲優的前輩對我說過『結婚吧』。還說要把婚禮辦成活動好好賺一筆呢。」

「簡直是聲優的榜樣嘛。」

「妳對聲優的理解是不是怪怪的？」

由美子一邊開著玩笑，一邊逃避現實，想著乾脆這樣也無所謂呢～

當然，這樣做是不行的，必須重新考慮。

這一天的午休，她一如往常與若菜一起吃午飯。

在喧鬧的教室裡，兩人將午飯放在一起。

但是，若菜拿的不是平常的便當盒，而是露出苦澀的表情拿起便利商店的塑膠袋。

「若菜，妳今天沒帶便當嗎？」

「就是啊～昨天晚上，我突然想說要偶爾自己做飯，提升一下女子力～！這樣，然後就告訴媽媽說『明天不用便當了！』。」

「嗯嗯。到這裡為止還是個好女人嘛。然後？」

「早上起床後，昨天的幹勁就離家出走了。」

「啊——那些傢伙總是馬上就回老家呢。不可以相信剛睡醒的自己啦。」

「在晚上的時候還幹勁十足地要做飯的呢——」若菜邊嘆氣邊把飯糰和沙拉擺到桌上。

「所以由美子，分我一些菜——」

「是可以啦，但我也要一口飯糰。啊，鮪魚，鮪魚不錯。」

她們互相看著對方的菜色，就這樣吃著午飯。

這時，由美子無意地問了一下。

「噯——若菜，妳的出路決定了嗎？」

「咦？就很普通地上大學啊。」

由美子心想這也對啦。

上這所高中的學生基本上都會選擇升學。

若菜啪一聲咬下海苔，一臉好奇地歪著頭。

「怎麼了？由美子妳不是要就業……這樣說對嗎？總之，妳要一邊當聲優一邊在媽媽那裡工作吧？」

「我之前是這樣打算的啦……」

由美子跟若菜說過這件事，卻還沒告訴她自己開始為出路感到迷惘。

她趁這個機會告訴若菜，順便找她商量。

「妳覺得呢？」由美子如此詢問，若菜不禁露出為難的表情，開始沉吟。

「真是個難題呢……對什麼都沒決定的我來說，這個問題也太沉重啦。」

「那換個角度想，若菜，妳上大學的目的是什麼？」

由美子把煎蛋遞到若菜的嘴邊，她隨即開心地一口咬住。

若菜嚼著煎蛋，雙手環胸。

「也沒什麼目的啊。因為大家都去，我就覺得自己也應該要去而已。如果大家都要工作，我應該也會沒有多想就去工作了吧？畢竟我也沒什麼想做的事情，感覺只是把決定人生的大事往後延而已。」

若菜茫然地說道。

由美子吃著脆脆的蘆筍培根捲，繼續問道：

「是這樣嗎？像是要在大學的四年找到自己想做的事情之類？」

「這個嘛——應該找不到吧？我都能想像到我沒有多想就去就業的未來了。不過，我覺得大家都是這樣喔。像由美子這樣有想做的事情反而比較少見呢。」

若菜「啊——」地張開嘴，由美子見狀，也朝她嘴裡放了蘆筍。

正當由美子拿走飯糰交換時，若菜像是在自言自語似的喃喃嘀咕。

「不過，說得也是。如果我有想做的事情，會怎麼選擇呢？我說不定會一直線地走在那條路上呢。」

「……我覺得若菜會喔。一旦自己決定之後，妳應該就會腳踏實地前進吧？」

「我可是連便當都做不了的女人耶？」

「妳這樣講我就沒自信了。」

儘管由美子開著玩笑，但剛才的話並無虛假。

她感覺若菜應該可以比自己更加堅定地前進。

還是說，既然自己決定了「想做的事情」，就應該筆直地在這條路上前進嗎？不需要迷惘嗎？

當由美子茫然地夾著飯，若菜露出了軟萌的笑容。

「啊，可是，雖然沒有想做的事情，但我很期待大學生活呢～聽說跟國高中截然不同，不是還有人說大學生活是最開心的嗎？如果就業的話，明年就在工作了，但上大學的話可以享受四年的學生生活耶～如果可以去，由美子也一起上大學玩嘛～」

這個回答很新鮮。由美子不禁恍然大悟，原來還有這種想法啊。

因為想享受大學生活，所以當個大學生。

這個回答十分簡潔有力，反而讓人佩服。

或者說，這也是一種選擇。

結束老是在苦惱的聲優生涯，像若菜和其他同學一樣，自然而然地上個大學，過上開朗愉快的普通大學生活。

這樣絕對很開心。

「由美子如果要工作的話，我本打算配合妳的時間，去妳家吃完飯再去大學呢。」

「妳做這什麼計畫啊？為什麼只有蹭飯的未來這麼具體？」

如果待到關店時間就會變成早上回家，這樣或許是可行的。

不過，難道她打算有事沒事就來蹭飯嗎……？

由美子對若菜這樣的個人風格露出苦笑，同時向若菜問道：

「話說若菜，這週妳要來過夜對吧？想吃什麼？」

「咦——！該怎麼辦呢——！好猶豫喔——！」

看到若菜綻出笑容開始認真煩惱，由美子愣愣地想著：「這樣的生活一直持續下去也很不錯呢」。

「抱歉，若菜。可以看動畫嗎？」

「嗯？啊，是有由美子和小渡邊的那個？我想看我想看。來看吧。」

「魔女見習生瑪修娜小姐」第一話播出的那天。

週末，若菜依約前來過夜。

她穿上放在由美子家的睡衣，現在正大口吃著零食。

她們吃完飯，洗過澡（當然是分開洗的），在客廳愜意地聊著天，時鐘轉眼間就指向了深夜。

有朋友來的時候，即使有出演作品，由美子也都會之後再看。

但是，那一話她想要在第一時間確認。

因為她一直很害怕這部作品究竟會以什麼樣的水準播出。

她跟若菜並肩坐在沙發上，轉著電視的頻道。

「在由美子旁邊看由美子出場的動畫，這種體驗感覺很特別呢。」

「別太期待我的演技啦。」

由於掩飾害羞，由美子的聲音變得有些冷淡。

她們有一句沒一句地聊著聊著，第一話開始播放了。

由美子瞬間緊張起來。

然而，這緊張的情緒立刻消散了。

播放結束的瞬間，由美子忍不住向大口吃著洋芋片的若菜發問。

「……噯，若菜。剛才的動畫，妳覺得怎麼樣？」

「嗯——？我不怎麼看動畫，也不是很清楚。可以說實話嗎？」

「拜託。」

「這個也太慘了吧？」

「就是啊——」

由美子直接倒在沙發上。

不，從現場那種猶如戰場的悲慘狀況來看，本來就不覺得作畫會有多好。

但是，現實是比原本想像的還要糟了一兩個級別。

基本上作畫是大幅度崩壞，會動的場景根本看不下去。

對話場景則是沿用同一張特寫上半身的畫，總之動作是壓在最低限度。

背景不是用光源遮掩，再不然就是幾乎沒什麼細節。

片頭曲只是用第一話的畫面複製貼上。

這部分想必等片頭曲完成之後就會被換掉吧。

這種作畫，就是典型的那種沒趕上交期的作品。

由美子見識過那個現場，就她來說這種結果可以說是理所當然。

但是，只看動畫的人會怎麼想呢……

「嗚哇……」

她看了一下推特，明明還沒搜索就跑出了「魔女見習生瑪修娜小姐」的推文。「作畫崩壞」上了趨勢。

眼見如今十分罕見的作畫崩壞，讓鄉民都吵起來了。

當然，是指不好的含意上。

「嗯……我是覺得故事可能還算有趣啦～由美子妳們的演技感覺也不錯。但就是畫面太糟糕了，實在沒什麼記憶點呢。」

若菜的視線看著電視，坦率地說出想法。

說不定有很多觀眾與若菜有著同樣的感想，第一話就棄追了。

由美子下定決心，看了一下原作者的推特帳號，但上面什麼也沒寫。

就算往前滑，作者也沒有提過動畫。

「可是原作……很有趣啊……」

由美子悶悶不樂，忍不住如此嘀咕。

劇本遲遲不來，也不清楚今後的故事展開，所以她只能仔細去看原作。

作為一介讀者，她看得很開心。

但到頭來，即使她看了原作，那與動畫的劇本也是不同的東西……

「由美子妳也很辛苦呢……」

若菜溫柔地安慰她。這是她唯一的慰藉。

「魔女見習生瑪修娜小姐」就像之前宣傳的那樣，每週都會進行特別回顧節目。

三名主要演員預定會在攝影機前聊「瑪修娜小姐」。

今天是第一話的回顧。

為了出演這個節目，由美子正坐在搖搖晃晃的電車上。

該說什麼好呢——儘管她在腦海構思，但作畫的事情無論如何都會閃過腦海。

雖然不能主動提起，但觀眾現在是不是滿腦子都在想著這件事啊……

正當由美子為此想破了頭，有人在她旁邊坐了下來。

「啊。」

明明座位很空，為什麼要坐這麼近？

由美子這樣心想，看向旁邊，發現熟悉的臉正露出開心的笑容。

「小結衣，早安。」

「早安，夜夜前輩。我看到妳，所以就坐下來了。」

她用天真的笑容說出討喜的話。

今天她並不是穿著平常的水手服配刺繡運動服，而是穿著白色Ｔ恤和背帶褲。這身打扮與她稍微曬黑的皮膚和陽光氛圍十分適合。

「小結衣，妳好可愛呢。很適合妳喔。」

結衣身材嬌小，在好的意義上留有孩子的稚氣，所以實在是很惹人憐愛。

總之就是可愛。

結衣害羞地搔了搔頭。

「嘿嘿嘿……謝謝。夜夜前輩也很可愛！最近因為看習慣妳平常的打扮，所以我嚇了一跳！妳的頭髮好漂亮呢～！真好……」

因為這次直播會有畫面，所以她今天的樣子不是佐藤由美子，而是打扮成歌種夜澄。

頭髮是乾淨漂亮的直髮，妝容也比較成熟，服裝則選了給人清純感覺的連身裙。

由美子一邊托起頭髮，同時笑著說：「謝謝」。

「對小結衣來說，今天的錄音應該很開心吧。畢竟今天的夕會是好好打扮成聲優版本。」

「就是啊～！」

一提起千佳的名字，結衣的表情就瞬間閃耀起來。

她用手夾著兩側臉頰，猶如戀愛中的少女那樣嬌羞起來。

「夕陽前輩真的是超可愛的～臉小小的又很漂亮，完全就是個美少女！平常有點陰沉的前輩也很帥氣，但我還是喜歡會露出臉的夕陽前輩！」

結衣亢奮起來，滔滔不絕地說著。

由美子雖然覺得把平常的千佳說成「有點陰沉的感覺很帥」那樣，根本是粉絲濾鏡開好開滿，但除此之外的部分她基本上都同意。

「是啊。我應該也比較喜歡聲優打扮的夕吧。」

由美子回答之後，結衣不禁驚訝地眨了眨眼。

眼見她震驚的表情，由美子笑著問說「怎麼了？」。

「不，我很意外夜夜前輩會說喜歡。因為前輩總是在說『我討厭妳～！』。」

「不，我是討厭那傢伙啊？非常討厭。但是臉我喜歡。只喜歡臉？那傢伙的臉很可愛對吧……感覺就超級美少女的～如果平常也是那個髮型就好了。」

由美子感慨地說完，結衣似乎更加驚訝了。

然而，她立刻嗯嗯兩聲，用力點頭。

「就是啊，平常要是也可以露出那張臉的話……！」

……就像這樣，兩人熱烈地聊著千佳的臉好一陣子。

後來，結衣望著其他乘客下車上車，同時喃喃說道：

「夜夜前輩，妳看過『瑪修娜小姐』播出了吧？妳覺得如何？」

說不定，她一開始就想講這件事。

儘管這件事不宜公開討論，但由美子也明白她會想提起這件事。

由美子姑且確認了一下沒有人在能聽見她們說話的距離，隨後開口。

「啊，嗯。我是有預測過，也做好了心理準備，但成品還是挺那個的。」

「就是啊！」

結衣一下子把臉湊過來，接連點頭。

然後，她失落地垂下肩膀。

「我跟夜夜前輩說真心話，老實說都難過起來了。班上的朋友也看了，但明顯在顧慮我……就算嘴上說『很有趣喔』，也是那種，感覺就很難以啟齒的那樣！」

「啊……也是啦……」

朋友應該很為難吧。

他們聽說同學會出場就去看了，但那樣的動畫也只會讓他們的感想變得很保留。

結衣緊緊握住雙手，隨後輕輕一揮，發出生氣的聲音。

「有一個班上的男生還一邊竊笑一邊走過來說『作畫還真夠爛的呢』讓我覺得這人講得好過分喔！為什麼講話要那麼壞啊！那個男生之前就經常會講一些難聽的話！」

……不，那大概是喜歡妳吧。

假如有這麼可愛的好孩子同班，自然會想用盡一切辦法吸引她的注意。

結衣輕輕晃著腦袋，哀怨著繼續說道：

「我就想，特別節目該不會也有狀況吧～第一話和第二話還好，第三話不就只是在吃飯而已嗎～也沒什麼能講的啊。」

她的擔憂其來有自。

第三話只有瑪修娜等人為了加深交流，而做飯吃飯的畫面。

這話很顯然就是因為發生各種狀況沒能趕上交期，迫不得已做出來的。

明明才第三話，副導等人似乎就已經忙得焦頭爛額。

特別節目大約一個小時。光是要回顧二十幾分鐘的動畫就很難了，遇上這種更沒有內容的話數到底要怎麼辦才好呢？

「八成過不了多久就會出總集篇吧。明明只有一季。」

「絕對會有啊——！搞不好有兩次！」

一季的動畫放兩集總集篇實在很誇張，但難受的是無法斷言不會有兩次。

結衣有點自暴自棄地在旁邊呻吟，但隨後又閉上眼睛噘起了嘴。

「我知道這樣要求是很過分啦，可是，夕陽前輩和夜夜前輩出場的Phantom不是很精彩嗎？既然都專程邀妳們配音了，還是希望能製成一部好動畫啊。」

「……………是啊。」

不管由美子和結衣，出演作品都不是很多。

這樣一來，自然就會執著於出場的作品。

她們都盼望著「希望是個好作品」。

聲優無法選擇出演的作品。

雖然時常有人這樣說，但這次的工作讓這種想法更加強烈了。

而且，這還是結衣第一次演主角。

第一次主演的作品，肯定會讓她有特別的感觸，但可憐的是就算恭維也無法說這部是個好作品。

「……………」

而且，結衣一次也沒有說「因為是第一次主演的作品」。

她是在顧慮由美子嗎？還是沒有那個意思呢？

如果讓她有了這層顧慮，那自己的立場就顯得更悲哀了。

……啊，不行——由美子輕輕搖頭。

在這種時候消極又能怎樣。

沒有演過主角的人肯定是來得更多。

「但是，小結衣。我們能做的，最後還是只有演技啊。我們就在這方面好好努力，盡可能讓大家覺得這是部好作品吧。當然，特別節目也要炒熱氣氛。」

由美子擺出前輩架子說著這番話，同時也是說給自己聽的。

下一刻，老實的結衣瞬間露出開心的表情。

她用力握拳。

「說得也是！只要我們努力，相對地就會讓作品變好呢！我們就努力讓今天的特別節目也熱鬧起來吧！嘿、嘿、噢——這樣！」

結衣雖然顧慮著周圍，但也稍微舉起了手。

看到她如此積極且率直，由美子也打起精神了。

由美子突然想知道這樣的結衣究竟把目標放在哪裡，就問了一下。

「小結衣，妳有沒有那種，『我想在這種作品裡出場！』之類的目標？」

要說憧憬的作品，由美子是魔法使泡沫美少女，千佳則是神代動畫。

如果結衣也有，那由美子確實想問一下。

然後，結衣不知為何害羞起來。

她嘿嘿地傻笑，搔了搔變紅的臉頰。

「……其實，已經實現了。我的夢想是與夕陽前輩共同演出，與最尊敬的前輩一起表現演技。這是我的憧憬。」

結衣看起來有點害羞，還有點高興地這樣說著。

那副惹人憐愛的樣子，讓由美子不由得脫口而出。

「小結衣好可愛喔……」

「怎、怎麼啦，突然講這種話？請、請別這樣啦……不、不可以戲弄人。」

看來結衣真的很害羞，她滿臉通紅地低下了頭。

由美子對這樣的舉動為之心動，同時又湧起一種遺憾的心情。

「小結衣明明就這麼可愛，怎麼會偏偏被夕那種傢伙騙到啊……妳對女人真的很不挑耶。」

「！啊、啊——！夜夜前輩，妳總是那樣瞧不起夕陽前輩！夕陽前輩她人、人很好，很帥氣啊！聽好了，她——」

結衣一個被激到，開始列出千佳的優點。

像是演技很厲害，唱歌很好聽，很帥氣之類的。

其實這種事就算她不說，由美子也非常清楚。

而與此同時，由美子也很難受。

千佳因為結衣而感到懊悔，甚至跑去海邊大喊，如今也在痛苦中掙扎，然而結衣卻對此一無所知。

兩人在目的地的車站下車，與其他乘客一起通過剪票口。

由美子正與結衣走向錄音室時，結衣把臉湊了過來。

「話說夜夜前輩。我想冒昧問一件事。」

「什麼事？」

「可以告訴我夕陽前輩喜歡的東西嗎？」

這問題說唐突確實也挺唐突的，但由美子知道她為什麼想問。

結衣也主動說出理由。

「就是啊，我，其實好像有那麼一——點點，和夕陽前輩有點代溝。」

「嗯……嗯？」

哪是一點點，根本是深邃的鴻溝吧，不過這件事好像先帶過比較好。

結衣堅定地繼續說道：

「所以呢！為了再稍微縮短一些距離，我想問夜夜前輩，夕陽前輩喜歡的東西是什麼！」

「夕喜歡的東西啊……」

當然，腦海中浮現了幾個畫面。

最先想到的是機器人動畫。

但是，結衣又補了幾個要求。

「啊！我當然知道夕陽前輩喜歡機器人喔。不是那種粉絲都知道的，就是，只有夜夜前輩才知道的，非官方的那種？我想要夕陽前輩收到後會說『妳還挺有前途的嘛』，對我刮目相看的那種！」

「要求也太多了……只要提到夕，小結衣就會突然變成麻煩的粉絲呢……」

由美子再度思考起來，有這種東西嗎？

接下來浮現腦海的，是食物。

蛋包飯、肉醬義大利麵、可樂餅之類的，千佳喜歡那種孩子氣的食物。

結果，結衣繼續提出要求：

「啊，食物也不行哦。我知道的。之前提到過夜夜前輩做的蛋包飯和一起吃過的可樂餅也是這樣，但高中生廣播裡提到食物的時候，夕陽前輩的聲音會高半音喔。我聽到就想說『啊，她很喜歡這個吧』，這種東西聽廣播就能知道，可以的話請告訴我別的。」

「好可怕好可怕好可怕。別說什麼高半音。我收回剛才的話。小結衣提到夕的時候，感覺有點噁。」

「嗯……！夜、夜夜前輩！有些話是不能說出來的啦！」

難得結衣好像是真的生氣了，她紅著臉大聲喊道。

不，可是，就是很嗯啊……

結衣好像受到了不小的打擊，喃喃說著「嗯……咦？我很嗯……？」。

話又說回來，她其實也問錯對象了。

「基本上，問我就很奇怪啊。小結衣妳比我更了解夕嘛。不過，應該是那樣吧，小結衣妳肯定覺得，我對夕的事情一清二楚吧。」

自然地流露出嘆息。

「因為我經常被誤解，所以先聲明一下，我跟夕的關係可不好喔，應該說很差。最近別人總是用一種我們關係很好的眼神看著我們，其實真的很煩。」

周圍的目光，逐漸變成了看著溫馨畫面的那種。

DVD企畫的校外教學就是在誘導觀眾，讓他們看起來像是那麼一回事，但那不過是演給觀眾看的。

她希望大家別誤會兩人的關係。

結果，結衣微微歪頭。

「其實我也沒這麼想啊。畢竟二位一起做了一年廣播，而且又是同班。我就想說夜夜前輩肯定也知道她的喜好這樣！沒有其他意思！」

「…………………啊，是嗎？嗯。妳知道就好。嗯。」

這孩子，其實是不是非常邪惡？

由美子忍不住起了一下疑心，但實際上當然沒那種事。

就只是由美子自爆了而已。

由美子「嗯咳」一聲清了一下嗓子，隨後第三次在腦海裡描繪出千佳喜歡的東西。

要說千佳喜歡的東西，而且又沒有公開的……

胸部？

「小結衣，妳胸部算大嗎？」

「突然說什麼啊？是沒有那麼大……」

結衣雖然覺得這問題很莫名其妙，但還是用手摸了摸上半身。

那裡沒什麼顯眼的隆起。

雖然不大，但起碼比千佳大吧？

「沒啦，因為那傢伙超喜歡胸部。如果妳問她要不要摸，她肯定會上鉤喔。」

「咦，真的嗎？那我今天就在夕陽前輩面前露胸吧。」

「不，抱歉。就算是那傢伙，要是看到後輩突然露出胸部，我想肯定也會嚇到……」

如果是結衣，搞不好真的會這麼做……

還是別說太隨便的話好了……

然後，剛才一直靠脊髓反射說話的結衣突然「嗯？」了一聲，歪著頭。

「……咦？請等一下。夜夜前輩，妳讓她揉過嗎？讓夕陽前輩？揉自己的胸部？」

「……………………沒有啊。那怎麼可能呢？」

「啊，就是嘛。嚇死了。我剛才還想說那是什麼狀況？」

結衣放心地吐了口氣，由美子悄悄把視線從她身上移開。

下一刻，她在移到旁邊的視線盡頭看到了千佳。

在正好要走出車站的地方，人群中有個熟悉的背影。

平常由美子是不會叫住她的，但現在有結衣在。

告訴結衣比較好嗎？

當由美子正想著「不過，千佳不擅長應付結衣啊」，此時結衣歪了歪頭。

「？怎麼了，夜夜前輩。有看到誰嗎？……啊！」

結衣注意到了，哇地喊了一聲。

由美子來不及阻止，她就跑出去了。

「夕陽前輩——！早安——！」

「唔呃。」

千佳被結衣從後面抱住，差點跌倒。

兩人的體型沒有太大差異，所以被這樣一撞肯定很難受吧。

果不其然，千佳僵著臉回過頭來。

「……那個，高橋小姐。我說過很多次了，麻煩妳不要有過度的交流……還有，放開我……」

「呀——！夕陽前輩，好可愛——！便服和髮型都好可愛——！超口愛的！愛妳——！請跟我一起拍照吧，來嘛！」

「啊啊，真是的……」

千佳一邊感到厭煩，一邊從抱過來的後輩身上將臉撇開。

今天的千佳紮起頭髮，妝容也化得很可愛。

是聲優夕暮夕陽的打扮。

她穿著比較大的連帽衣，幾乎將黑色緊身褲遮住了大半。簡單且非常可愛。有點刻意的感覺也很不錯。由美子也能明白結衣為什麼會興奮。

但是，由美子也感覺她興奮過頭了。呼吸很急促。

「今天的夕陽前輩真的好可愛。超令人小鹿亂撞。真的，真的，好可愛。好喜歡。」

「啊，是嗎？謝了……我知道了，那妳也差不多該放開我了吧……？不，真的，稍微，差不多，放開我，啊，等一下，力氣好大！欸，力氣好大！放、放開我！」

「嘿嘿……夕陽前輩和我體型差不多，但我的力氣要大很多呢。妳拉不開的喔……前輩，意外地沒力呢……好可愛……」

「好可怕好可怕好可怕！剛才的可愛和以前的語氣絕對不一樣吧！好可怕！力氣這麼大更可怕了！啊，感覺妳真的已經踏入了糟糕的領域了……！」

結衣開始把事情搞得更加複雜了。

由美子感覺扯上關係也很麻煩，打算偷偷離開。

「啊！等、等一下佐藤！」

但是，千佳發現了她。

千佳拖著結衣，大步地走向由美子。

「快想想辦法處理這孩子！這種陽光的人是妳負責的吧！拜託妳們別走出自己的領地好嗎！」

「啥──？為什麼我非得被渡邊這樣講啊？講白了，小結衣是妳經紀公司的後輩吧。妳就做點有前輩風範的事情怎麼樣？啊，妳不知道前輩該有什麼樣子是嗎？」

「又來了。我真的很討厭妳這種地方。像你們這種人一找到機會就到處散播陽光氣場，最後還不負責任，所以才惹人厭啊！沒辦法照顧就不要養啊！」

「啊──！夜夜前輩不公平！夕陽前輩，也跟我吵架！也理我一下嘛～！好嘛～！」

儘管嘰嘰喳喳地吵鬧著，但氣氛並不壞。

就算經過了第一話的錄音，還有在海邊的那件事之後，千佳也沒有改變對結衣的態度。

老實說，由美子本來還為此有點擔心。

化。

因為千佳的個性比較彆扭，由美子想說她會不會以某種形式表現出對結衣的情感。

但無論是配音的時候也好，或是錄製今天這種節目的時候也罷，都看不出千佳有明顯變化。

由美子老實地告訴千佳「我放心了」，千佳就哼了一聲，這樣回答。

「我怎麼可能因為工作、或是角色怎樣怎樣就改變態度。我沒那麼不成熟。」

我通過Phantom的時候，是誰露骨擺出不開心的態度來著？

由美子這樣想，但沒有說出口。

千佳雖然對結衣很傷腦筋，但她們的關係本身和過去一樣。

由美子對此鬆了口氣，隨後她們三人一起走向錄音室。

由美子認為特別節目其實還挺順利的。

當然，有部分也是因為她們沒有提到作畫，第一話能說的內容也比較多。

然而，最重要的是結衣的形象很好。

「就是啊！一開始瑪修娜也是個安靜的女孩！可是就突然砰——！那樣對吧！咚咚咚地，然後砰的那個場景！」

「完全聽不懂。只知道節奏很好。」

「我還是第一次看到這麼不擅長解說的人。」

她們這樣聊著，錄音室裡就充滿了工作人員的笑聲。

使用大量的肢體語言，講話很有精神的結衣很可愛，每個人看到都會收到活力。

她與由美子散發著不同類型的陽光氣場，那表裡如一的開朗個性照亮了周圍的人。

留言的反應也很不錯，結衣不知不覺間成了話題的中心。

……這種天生的聊天技能，與柚日咲芽玖瑠也不同。

她絕不是擅長說話的那種，卻有吸引人的魅力。

只是，作畫崩壞讓「瑪修娜小姐」成了話題，似乎也有許多人是抱著半看笑話的心情來看特別節目的，留言的治安不太好。

雖說工作人員好像有在處理，但批判性的留言依然在持續增加。

唯獨這點有點可惜……但是在千佳旁邊的結衣看起來很開心，算是唯一的慰藉。

節目中間會切到宣傳片和下回預告的部分，暫時關掉這邊的畫面。

正當由美子喘口氣休息時，旁邊的結衣露出了莫名放鬆的笑容。

由美子悄悄對她咬了耳朵。

「看妳這麼高興，怎麼了，小結衣？」

「咦？啊，因為，夜夜前輩妳看一下。」

結衣壓低聲音，同時指向螢幕。

那台螢幕映出了現在的三人。

現在也仍然映著結衣伸出手指的樣子。

「我現在坐在夕陽前輩的旁邊喔。跟以聲優姿態呈現的夕陽前輩在一起。看到這個畫面我就莫名地開心。覺得真厲害啊～這樣。」

結衣露出柔和的表情這樣說道。

能與憧憬的前輩一起工作，所以很開心。

由美子非常理解這樣的心情，但這種感情卻是向著千佳，讓她有種奇妙的感覺。

「小結衣真的很喜歡夕呢……」

由美子感慨地說了這句話，接著結衣就笑咪咪地點頭。

然後，下集預告也結束了，畫面回到這邊……就在這時，結衣小聲說道：

「當然，我也很喜歡夜夜前輩喔。我很開心能和妳一起工作。」

結衣露出太陽般的笑容，隨後重新看向前方。

她真的是個人見人愛的孩子。

儘管演員的人際關係良好，錄音現場的狀況依舊嚴峻。

由美子來到「瑪修娜小姐」的錄音室後，發現工作人員還是一如既往地忙碌，副導開口

第一句就這樣說：

「對、對不起，麻煩大家先重錄第四話最後的場景。由於時間上的關係，出了點問題……真的很抱歉……」

她這樣說完，眾人開始重錄之前錄好的部分。

不然就是疲憊不堪的編劇突然衝進來，舉起劇本這樣說道：

「對不起！劇本內容有變……！還沒有錄吧……？對不起，請容許我更改一下內容……！我把替換的紙……拿過來了，請把這個……！」

也曾經和副導一起慌慌張張地重新審視劇本。

每次都會出現得緊急應付過去的狀況。

事後發生問題，再趕忙修正……這類情況屢見不鮮。

因為她們也是做到火燒屁股才趕出來，這種狀況或許也是無可奈何。

但是，練習過的臺詞和好不容易錄好的臺詞頻繁消失，還是讓人很難承受。

「真的很抱歉……雖說劇情是走原創展開，但我還是想做出尊重原作的作品……」

因為副導等人都如此低頭道歉，由美子她們也不能說什麼。

「日比野小姐，要用到那個原創角色果然還是有難度吧……」

「但是，角色形象圖已經公開了，要出場就要讓他登場得有意義……」

她們現在也在控制室的一隅小聲商量。

這種盡可能想讓作品更好而努力的態度令人尊敬。

然而作為聲優，該注意的場面也很多。

「也就是說，我們被排除在外嗎？瑪修娜和希蘭也是？」

千佳扮演的克菈麗絲開口，隨後由美子的希蘭也接著說：

「喂喂，竟然把我們晾在一旁啊……怎麼能這樣啊，老師。」

由美子在麥克風前，做出了「糟糕」的表情。

……出錯了。

這裡的希蘭被要求的演技是要一半不滿、一半嘲諷，講話很敷衍的那種。

就算是在原作也有許多這樣的場景，她總是像在捉弄別人那般開嘲諷。

但是，由美子搞錯了感情的配比。

剛才不滿的感情更多。這樣聽起來像是沒有心靈的寄託。

但是——

『好的，ＯＫ。麻煩各位錄下一個場景。』

從依然靜不下來的控制室傳來了這樣的聲音。

由美子把目光望去，看見雙手都塞滿資料的音效指導。

在他身邊，還可以看到正跟編劇專心說話的副導。

由美子一時慌張，迅速舉起了手。

「對、對不起。剛才那個，可以拜託您重錄一下嗎？我沒表現出自己想呈現的演技……」

聽到由美子提出異議，音效指導不禁『咦』了一聲。

『不，我覺得，應該沒什麼問題……』

「真的很抱歉。這樣下去，希薾的形象就要崩了……請讓我重錄。也很對不起大家。」

由美子對控制室低頭後，也接連向周圍的人低頭道歉。

那並非什麼嚴重的錯誤。就算感覺不對勁，也只是一點點。

不過如果是在一般的現場，肯定已經被要求重錄。

當然，由美子也非常清楚，這都要怪自己沒辦法一開始就拿出滿分的演技。

但是，她想避免自己覺得「不對」的演技可以通過。

……她想著，幸好這個現場不僅新人多，出演聲優也很少。

如果像Phantom那樣周圍全是老手，就實在無法提出這樣的主張。

不過，如果是杉下音效指導，肯定在自己說什麼之前就給出建議了吧。

「對不起。我也要拜託您。我也想要重錄。」

舉手的人是千佳。

她並不是要袒護由美子，而是她也想重錄。

千佳剛才的演技也有點糾結。

真的只是微小的誤差——但克菈麗絲平常的講話方式會稍微再慢一點，帶有些許鼻音。

雖說只是一點點，但確實是令人在意的部分。

那肯定不是滿分的演技。

在旁邊聽著就能明白這點。

『……知道了。那就重錄吧。』

音效指導和副導使了個眼神後，同意了她們的要求。

由美子立刻低頭，也跟周圍的演員再次道歉。

慶幸的是誰也沒有露出不情願的表情。

之後，由美子與千佳也好幾次主動提出重錄。

她們希望在有限的狀況之中做到最好。

儘管心急如焚的工作人員們大概會很不情願，但由美子她們也同樣拚命。

無論是怎麼樣的現場，無論狀況多麼嚴峻，也不能降低水準。

有個甚至輕易超越了千佳的新人就在旁邊。

既然這樣，那就沒辦法做出連自己都會覺得「啊，出錯了」的這種演技。

她沒辦法在這種地方鬆懈。

然而，問題堆積如山，還是讓她有點累了。

要煩惱的事情很多。

不得不思考的事情也很多。

若老是思考同一件事，想到頭都快爆炸了，腦袋勢必會累垮。

這樣應該不會浮現出好想法，迷惘也不會散去吧。

由美子想到了這點，決定稍微休息一下。

在沒有工作、也不用上學的某個週日。

由美子花了一整天的時間，埋首於能讓腦袋放空的事務之中。

把堆積的餐具全都洗了，將流理台擦得閃閃發亮，用吸塵器清理房間的每個角落，也將堆積如山要洗的衣服洗乾淨、晾乾、整理好，浴室與廁所也打掃得乾乾淨淨，甚至看著就覺得心情舒暢。

製作大量能冷凍的料理，全都塞進保鮮盒放到冰箱。

然後，現在她正專心地包著餃子。

「……呃，那個，小夜澄？」

由美子聽到有人搭話，頓時抬頭。

就在她埋首苦幹的時候，太陽已經西下，房間裡開了燈。

明明早上來的時候連腳都沒地方踩，現在卻沒有一絲塵埃。

房間的主人朝加美玲直到剛才還在桌子前敲著鍵盤。

她一如往常，運動衫配上素顏，髮型是用髮圈綁著瀏海露出額頭。

朝加有點尷尬地指著由美子的手邊：

「我看妳好像做了一堆……但我吃不了那麼多耶？」

聽到朝加這麼一說，由美子看向盤子，眼前是堆積成塔的餃子。

由美子放空腦袋不停地包著餃子，不知不覺間就變成這樣了。

這樣確實是做太多了。

話雖如此，餡料和皮都有剩下，剩下的也包一包吧。

「剩下的冷凍起來就好了啦。或許是有點麻煩，就煎一下吃掉吧。」

「嗯……那是很感謝啦。不過小夜澄，妳到底是怎麼了？今天的妳該說是有種咄咄逼人的感覺嗎？當妳說著『拜託，讓我幫妳做家事吧』來到我家的時候，我還想說妳到底是怎麼了。」

朝加擔心地看向由美子。

臉上寫著「發生了什麼事？」。

由美子包完最後一個餃子，長嘆一口氣。

「因為要煩惱的事情有點多嘛。感覺很想要放聲大喊那樣。我想說要暫時休息一下，就來小朝加的家打擾了。」

「我就是不懂為什麼要來我家啊。」

「因為做家事的時候最讓我冷靜啊——只要來小朝加的家，肯定累積了一堆家事讓我做嘛。而幫忙解決掉這些，算是我紓壓的方式。」

「對我家的信賴雖然聽來很不光彩，但我也沒辦法否定呢……」

朝加露出苦笑，同時坐到桌子前。

她盯著眼前的餃子山，開口說道：

「這次也整理得相當乾淨啊。累積了那麼多嗎？不，我不是說家事，是指鬱憤之類的那種。」

她以平靜的聲音問道。

朝加似乎也累積了不少工作，白天她什麼也聽不進去，一直死盯著螢幕。

看來那些工作似乎也告一段落了。

既然這樣，自然就想問一下她。

「確實是累積了不少，但我其實也有其他企圖，想說幫忙做家事的話，小朝加就會仔細聽我說話了。」

「妳都幫了我這麼多忙，不管聽妳講再久也不夠還啊。所以呢？怎麼了？」

朝加以溫柔的聲音這樣說道。

她明明是娃娃臉，卻有一副成熟的表情。由美子把自己內心的想法告訴她。

商量關於畢業後的出路。

接著，她輕輕哼了一聲，用手指壓住了嘴唇。

「大學啊……嗯——不好說呢。我看過的人兩種都有，但看起來都對聲優的工作沒什麼影響呢。雖然我不太清楚以聲優的角度來看是怎麼樣就是……」

朝加作為編劇，感覺能從不同觀點給出意見。

她在這裡停頓了一下，隨後才緩緩開口。

「如果是作為廣播節目的主持人來說，我覺得上大學是好事喔。」

「作為主持人？咦？難道有什麼特別的課嗎？」

這句發言聽起來很有編劇的味道，但看不出她的意圖。

下一刻，她露出溫柔的微笑，同時搖了搖頭。

「不是啦。成為大學生的話，就能以大學生的角度看事情了對吧。無論是打工啦社團啦還是什麼都一樣，只要做了就會有當事人看事情的角度。這樣一來不僅能與大學生的聽眾有共鳴，也能從不同的角度闡述意見。對一件事情有各種不同的觀點，對主持人來說是很重要的喔。」

這種思考方式，跟其他人又不太一樣。

言下之意就是要拓展視野吧。

在廣播裡聊天的時候，視野是愈廣愈好，底蘊能多一些自然是再好不過。

「……畢竟現在的我，只有高中生以及聲優那類的觀點嘛。」

「沒錯沒錯。現在的小夜澄沒辦法講出身為大學生的意見。但是，只要妳當上大學生就可以了。尤其是大學這個地方，只要妳想增加經驗就可以無限增加。相對的，若是自己不主動的話就什麼都不會發生……不過，這點小夜澄應該是不用擔心。」

似乎是這樣。

由美子覺得升上大學是為了學歷，從沒想過可以獲得其他東西。

對一名主持人來說是加分的這種想法很新鮮。

會不會只是自己沒想到，其實升上大學「對聲優」也是個加分的選項呢？

「現在的我也只是用『前大學生』『編劇』的角度在說話。相對的，我就沒辦法講出作為『聲優』的意見。」

朝加舉了個淺顯易懂的例子。

如果把這個問題當作廣播裡的提問來信，其實就不難想像。

不僅如此，朝加還有點害羞地搔了搔鼻子。

「還有，嗯，就是啊，我之所以會成為編劇，契機就是因為在大學的經歷。在對人生帶來極大影響的這層意義上，我個人對大學其實很有感觸呢。」

「咦？什麼啦？我想聽我想聽。這不是超重大的事件嗎？告訴我啦。」

兩人就這樣聊著有些離題又不算離題的對話。

不久，朝加如此總結。

「不管小夜澄要不要升學，今後的出路都是一樣的吧。既然這樣，我覺得把大學當作人生的經驗，將金錢和時間花在上面是很值得的。不限於主持人這塊，在很多方面肯定都是加分的喔。」

這番話實在很有意思。由美子坦率地認為自己幸好有問她。

由美子對給予自己新觀點的朝加低頭道謝。

「謝謝妳，小朝加。非常有參考價值喔。真不愧是妳。」

「不會不會，我才要謝謝呢。畢竟妳幫我把房間整理得這麼乾淨……不，那個，真的很謝謝妳……幫我整理得這麼乾淨……實在很過意不去……」

朝加剛才明明還表現得十分成熟，現在卻縮得愈來愈小。

或許是因為房間現在變成這樣才能這麼說，但若是房間依然很髒亂的話，她可能也很難開口。

這種樣子也很有朝加的風格，由美子想到這裡不禁笑了。

「好，小朝加。我們差不多該開始餃子派對了吧。我做了很多，妳要多吃點喔。」

「哎呀，真的是很多呢……雖然我是很開心冷凍的庫存增加……但餃子應該沒辦法用微

波爐料理吧……？」

「妳還是用一下平底鍋吧。煎一下馬上就能吃了啊。」

「用平底鍋的話，不就只能吃一次嗎……」

「為什麼妳是以不洗鍋子為前提啊？難道妳對洗碗精過敏嗎？」

由美子對朝加感到傻眼，同時也開始準備餐點。

歸功於今天賣力做了一整天家事，不僅腦袋清爽了，還獲得了另一種想法。

而且，等著自己的並非只有難受的事情。

因為還有很多讓人開心得無可自拔的工作。

雖然由美子認為不可以去比較，但來到穩重的現場，她還是鬆了口氣。

「大家早——」

「喔——歌種小姐。好久不見——」

「上次見面是那一集吧——哎呀，白百合那集真的很棒。播放時我看到都嚇了一跳。」

在錄音間裡，她向懷念的面孔打招呼。

笑容自然地洋溢在臉上。

在控制室準備的工作人員同樣十分冷靜，神代導演與杉下音效指導也一如往常。

由美子雖然久違地要扮演白百合，但如果她的演技很沒料，想必會立刻被指導該如何詮釋角色。

能如此信賴現場，著實教人開心。

今天是「幻影機兵Phantom」ＢＤ特典影像的錄音日。

這是由美子自白百合喪命的那一集之後第一次再配這個角色。

畢竟這也是久違地出演Phantom，她現在幹勁十足。

「啊。」

很可惜的，大野沒有來這次的錄音，但有另一位憧憬的聲優參加。

那位聲優獨自坐在錄音間的一隅。

她一如往常，穿著黑色連身裙。

長達腰際的秀髮柔順得教人詫異。

容貌既年輕又美麗，彷彿時間停在了二十幾歲。

看到她，應該沒人會覺得她已經將近五十歲了吧。

她的容貌、演技以及奇怪的個性，都教人懷疑她是不是人類。

被這樣流傳的聲優，具有壓倒性的實力。

在那裡的就是飾演泡沫美少女第一代主角的——森香織。

「森小姐，早安。」

由美子站在森面前，打了聲招呼。

森緩緩抬起臉，稍稍動了一下頭。

「早安。」

語畢，她就把視線回到手中的劇本。

這種冷淡的態度也是一如既往。

所以，由美子今天試著表現得更加積極。

「森小姐森小姐。今天錄完音後，要不要一起去吃飯？」

由美子坐到她旁邊，如此搭話，隨後錄音間裡的氣氛頓時改變。

雖然沒有人露骨地朝這裡投以視線，但周圍的人明顯在觀察狀況。

如果把這種氣氛化為言語表達，就是「明知道會被拒絕，真虧她敢開口邀約啊」。

不不不，這點當然知道。

森幾乎是毫無疑問會拒絕邀請。

除了大野以外，從來沒人看過森和某人一起去吃飯。

在錄Phantom時，自顧不暇的由美子沒機會邀請她去吃飯，但以前兩次和她在同一個現場時都曾經邀過。

「要不要一起去吃飯？」

「不去。」

森兩次都是立刻回答。

即使換作其他聲優邀請，她的回答也是一樣，頂多是在面對前輩聲優的時候會比較有禮貌地拒絕。

森不會在節目的慶功宴和酒宴上露臉這件事，在業界裡也很出名。

因此，現在不時有尷尬的視線朝向這邊。

在場的人都覺得明明會立刻遭到冷淡拒絕，為什麼還要特地丟人現眼？

但是就由美子來說，這些並不構成阻止她去邀請的理由。

「…………」

森再次緩緩抬起臉，以睡眼惺忪的目光了由美子一眼。

正當由美子看著她那柔順的秀髮微微飄逸，森突然喃喃說道：

「好啊。」

「咦？」

發出這個聲音的人是由美子呢，還是周圍的聲優呢？

由美子太過驚訝，沒能立刻回話。

下一刻，森緩緩歪著頭說道：

「所以說，不是要去吃飯嗎？」

「……啊。不！我去！我要去我要去！咦——太好了。耶——好開心喔！那等錄音結束

後就去吧！」

由美子忍不住發出雀躍的聲音，連著說了好幾次相同的話。

森依然是面無表情，只是輕輕動了一下頭。或許這是在點頭吧。

「早安。」

就在這時，千佳打著招呼走進房間。

她走到興奮的由美子旁邊。

「喔——渡……夕！早啊！」

眼見由美子散發出陽光氣場向自己搭話，千佳隨即一臉嫌棄地皺起眉頭。

「怎麼？妳在興奮什麼啊？好噁……」

千佳剛碰面就直接開嗆，但現在不管她說什麼，由美子都不以為意。

能與憧憬的前輩聲優去吃飯。

由美子沒想到森會答應，所以壓抑不住雀躍的心。

錄音順利結束了。

由美子向工作人員和其他聲優打過招呼，立刻向森搭話。

森此時正要準備離開，但她忽然將視線移向錄音間的外面。

「我要去一趟洗手間，可以等我一下嗎？」

「啊，我知道了。那我先待在走廊。」

由美子想說要是她臨時變卦或是忘了的話該怎麼辦，但看起來沒問題。

由美子在走廊等著森。

好耶，好耶，跟森小姐吃飯。要聊什麼呢——

喜上眉梢的由美子正哼著歌，此時千佳從錄音間裡出來了。

她注意到站在旁邊的由美子，不禁露出疑惑的表情。

「佐藤……妳杵在這做什麼？」

「嗯～等人。姊姊剛才是在跟爸爸聊天嗎？」

由美子這句似乎猜對了。

千佳的臉微微染上紅暈，用力地撇開了視線。

「嗯，是沒錯啊？那又怎麼樣？只是跟父親說個話而已，有什麼關係。我又沒給任何人添麻煩。」

「我又沒說不好。不過妳回來得倒是挺快的。不聊了嗎？」

「他說很忙，要我今天先回去。」

她嘆了口氣。

這時，千佳朝由美子瞥了一眼。

「所以？妳看起來怎麼莫名高興，發生了什麼事？」

或許是因為由美子沒有繼續找碴，千佳不禁這樣問道。

因為很像是在炫耀一樣，由美子不好意思開口，但既然對方主動提問就沒辦法了。

她一邊笑咪咪的一邊回答。

「哎呀，其實啊，我和森小姐約好要去吃飯。現在正在等她喔。」

「咦？不會吧？森小姐？和妳吃飯？咦？真的？」

千佳也很驚訝。

然而，她立刻露出了傻眼的表情。

「啊，我懂了。我知道了。肯定是妳死皮爛臉地要求人家一起去吃飯，硬是讓對方同意了吧。這是死纏爛打的方式讓顧客買下東西的推銷手法呢。」

「我只不過是約人吃個飯，可以別講得像惡意推銷一樣嗎？」

「佐藤的做法會給別人造成極大的困擾，卻不能用法律制裁，所以才麻煩呢……森小姐只能忍氣吞聲地跟妳去吃飯。啊啊，我的天啊……應該要儘快立法才對……真不知道國家在做什麼。」

「等等……別講那種壞心眼的話啊……害我都開始不安了……」

……總覺得開始害怕起來了。

咦？我沒有死纏爛打吧？她應該沒覺得我很麻煩吧……？

「久等了。」

由美子正在擔心，此時森從廁所回來了。

千佳看到她，不禁睜大雙眼，就像是在表示「啊，真的要去啊？」。

看到千佳在旁邊，森緩緩歪了歪頭。

千佳頓時慌張地開口：

「啊，我聽說佐……夜要和森小姐去吃飯……有點嚇到了。」

千佳似乎不知道該說什麼，莫名講出了一番很像藉口的話。

然而，森說出了更加莫名其妙的話。

「夕暮小姐也要一起去嗎？」

……如此這般。

由美子、千佳以及森，不可思議的三人組走出了錄音室。

「……妳為什麼要跟來啊？妳這個人不是瞧不起『錄完後大家一起吃飯！』的這種行為嗎？守住妳那陰沉的矜持啊。」

「妳很煩耶。我也想聽森小姐說話啊。妳才應該像個陽光的人該有的樣子，好好歡迎我，徹底當個負責炒熱氣氛的丑角如何？」

兩人在森的身後，邊用肩膀頂來頂去邊鬥嘴。

由美子雖然很驚訝森邀請了千佳，但千佳會答應也很教人詫異。

結果，就變成三個人一起去吃飯了。

該怎麼說呢，心情很複雜。

由美子不想讓人覺得自己在驕傲，所以沒說出口，但她覺得森多少是認同歌種夜澄的。

不僅錄製Phantom時發生過那件事，她還給了自己手帕，這次吃飯也是。

森說不定很中意自己……由美子如此想著，內心默默地雀躍不已。

然而，既然千佳也一起來了，她不禁感覺原本獨占的優越感遭到剝奪。

不過，若是森中意千佳——那倒是有點讓人開心。

要是自己尊敬的聲優被更加尊敬的聲優認同，這果然……很令人開心吧。

「有想吃的東西嗎？」

走在前面的森唐突地回頭。

時間已經接近晚上，快步走向車站的人也很多。

稍微再走一會兒就有美食街，車站也很近。

不過，如果被問到有沒有想吃的東西……

「我什麼都可以。我想去森小姐平常去的店。」

「我也沒有特別想吃的。」

千佳說出相同的回答。

隨後，森晃了一下那滑順的秀髮。

「真的去我平常去的店就可以了？」

「當然。我想去！」

森點了頭。

她沒有說出目的地，逕自邁出步伐。

森平常究竟會在什麼店、吃著什麼樣的東西呢？

由於這個人的私生活充滿許多謎團，由美子不禁因為能單純了解到這個人而感到開心。

由美子滿懷期待，跟在森的後面。

然後。

森帶她們抵達的地方，是由美子也十分熟悉的店。

「『飽餐一頓太郎』……咦？森小姐，是這裡嗎？」

在外型頗有特徵的店門口，森說出「這裡」，用手指向前方。

所謂「飽餐一頓太郎」！

即是以低價為賣點的吃到飽餐廳！

這裡以種類豐富的烤肉與壽司為中心，有沙拉、副食、飯類、麵類、湯品及甜點等數百種料理任意拿取。看到在眼前擺得琳瑯滿目的各種料理，就已經令人嘆為觀止。

而且，就算是大人也只要兩千多圓就能吃到飽，價錢十分划算。

尤其受到會攜家帶眷前來用餐的人以及沒錢的學生喜愛。

由美子也因為學校的慶功宴和朋友聚餐而來過這間店好幾次。

不過，森這個年齡的女性會來這家店，確實有點教人意外……

「森小姐經常來『飽餐一頓太郎』嗎？」

由美子直言不諱地問道。

下一刻，除了配音時之外沒什麼動作的森，罕見地做出了幹勁十足的姿勢。

「我經常來。這裡很開心。」

「開心……不，哎，確實是開心啦。噢——……妳和大野小姐吃飯的時候，也常來這間店，是嗎？」

「不。大野都說『為什麼都這個年紀了還要去那種地方喝酒啊』，不願意陪我。所以我總是一個人來。」

「一、一個人嗎？」

一個人來的話，似乎就更罕見了……

不過，森原本就對周圍的人有什麼想法不感興趣。

想去就去。一定就只是這樣而已。

這樣說起來其實也很有森香織的風格，由美子對此有點開心。

森走進店裡，於是由美子她們也跟著進去。

裡面的人潮有些多，寬敞的店內響著孩子的笑聲。

基本上都是與同學或家人一起來的客人，有人開心地烤著肉，有人在擺得密密麻麻的料理前猶豫不決。

「佐、佐藤。妳看那個，那個。好厲害。那個好厲害。」

默默跟在旁邊的千佳顯得有些興奮地扯著由美子的袖子。

由美子望向千佳指的地方，發現有個很大的棉花糖機坐鎮於該處。

小孩子正一邊嬉戲吵鬧，一邊製作棉花糖。

「？什麼？那個怎麼了嗎？」

「棉花糖，是棉花糖啊！這間店好像可以自己做棉花糖。真厲害……佐藤，妳自己做過棉花糖嗎？我沒有。」

千佳的眼神在閃閃發亮，講話速度變得很快。

看到她的反應，由美子頓時「咦？」了一聲，歪著頭感到不解。

「姊姊，妳是第一次來『飽餐一頓太郎』？」

「是第一次。名字我是知道，但我不知道是這麼開心的地方。」

仔細想想，這也難怪。

千佳應該不會參加學校的慶功宴，而千佳的母親挑外食的時候似乎也以追求方便為主。

這樣就算她以前都與這裡無緣也很正常。

服務生帶著三人走向座位的途中，由美子指著各種料理給千佳看。

「渡邊、渡邊。妳看那個。可樂餅、咖哩、漢堡排、炸雞、薯條和章魚燒，炒麵以及蛋包飯。還有烤肉。渡邊，這些妳肯定都喜歡吧？」

「是、是啊……全都看起來都好好吃……可、可是好猶豫喔，居然有這麼多種選擇……嗯？等一下，什麼叫肯定？」

「甜點也很多喔。蛋糕和冰淇淋各有十種以上，其他還有布丁、果凍、水果、年糕湯、優酪乳。鬆餅甚至還可以自己烤，自由加料。」

「等、等一下，先等等。這樣子只吃甜點不就飽了嗎……傷腦筋，真傷腦筋啊……」

「還有，可以讓店家幫忙煎可麗餅，也可以做爆米花。啊，也有刨冰呢。還有巧克力乳酪火鍋，這樣也可以充分利用水果，其他還有……」

「太多了太多了太多了！資訊和種類都太多了！這裡是遊樂園嗎！人的胃是有限的耶！」

千佳發出的慘叫聽起來滿是喜悅。

她進一步用手指扶著額頭，不斷發出「唔唔唔」的聲音沉吟。

「這種類型的，我以前頂多只吃過飯店的早餐自助吧……！動線好難判斷……！怎、怎麼做才是正確答案？」

「就盡情去吃喜歡的東西不就得了。」

「！等一下！妳啊，一直誘惑別人，最後竟然直接不管，啊，真是的！我真的很討厭妳這種地方！」

由美子帶著開始吵鬧的千佳走到了空著的桌子。

森在對面坐下，千佳與由美子坐在彼此旁邊。

由美子覺得千佳反正會一直走來走去，就自己坐到裡面。

她們聽店員說明用餐規則，只有森點了生啤酒，隨後開始享用吃到飽。

由美子以側眼看著坐立不安的千佳，微微起身。

「森小姐，我去拿吧。肉之類的也一起……」

「不用。我想自己拿。」

森打斷了由美子的提議。

森是為了享受這裡而來的，剛才那樣的提議或許是多管閒事。

「那就各拿各的吧。」以由美子的這句話為起頭，三個人開始行動。

感覺當作是自己來單獨享受美食比較妥當。

所以，由美子只拿自己能吃完的量。

她先是拿了沙拉和肉、米飯以及一些副食，要是不夠再加。

感覺拿得差不多了，該去看看甜點……

正當由美子默默地這樣想著而拿起盤子時，袖子被人拉了一下。

是千佳。

「怎麼了？」

她躲在由美子身後，怯生生地看著另一個方向。

「……佐藤，妳有做過棉花糖嗎？」

在她視線的盡頭，有年幼的孩子正和家長一起在做棉花糖。

「是有啊。」

「……跟我來啦。」

「……………」

千佳輕聲細語地這樣說道。

想做一下棉花糖，但一個人去又很難為情……大概是這樣吧。

確實，高中生一個人做棉花糖的話倒是挺顯眼的。

千佳繼續說下去。

「妳是前輩吧。陪一下可愛的後輩啊。」

「可以不要只在對自己有利的時候裝作後輩嗎……而且也不可愛。妳平常不是都驕傲地說自己有演員的經歷，所以是前輩嗎？」

「從今天起我可以當後輩。好嘛，歌種前輩。」

「……………」

夕暮後輩，這樣聽起來莫名讓人心癢癢的，真希望她別這樣……

然而，眼見千佳難得如此坦率，由美子自然給出了壞心眼的回答。

「咦——我接下來要拿肉。妳一個人去啦，我會在這看著妳的。」

「妳、妳不在我旁邊就沒意義了吧！什麼啦，不用講得這麼壞心吧……！啊啊算了，反正我還有很多其他想吃的東西！」

千佳氣呼呼的，打算伸手去拿盤子。

由美子見狀不由得笑了出來，同時拍了拍她的肩膀。

「抱歉啦。知道了知道了，我陪妳去吧。」

「……一開始這麼說不就好了。」

明明是妳在拜託別人，怎麼這種態度？由美子本想這樣說，但她也認為自己揶揄過頭了。於是便什麼也沒說，走向棉花糖機。

「啊。」

森正一個人做著棉花糖。

她的動作相當熟練，靈巧地做出了恰到好處的大小。

儘管她面無表情，但不知道是不是錯覺，看起來很開心。

順便說一下，千佳很笨拙，失敗了超多次。

千佳先把棉花糖放到桌上，立刻回去拿別的料理了。

由美子已經拿完了想吃的東西，於是她坐到座位上，此時森先回來了。

然後，她對森拿的量嚇了一跳。

「……森小姐，妳只拿這些嗎？」

聽到由美子的提問，森點了點頭。

一個盤子上，只放了一根薯條，一口分量的炒麵，一塊炸雞，還有大概三口分量的沙拉……雖說零星放了各式各樣的料理，但那些甚至還沒裝滿一個盤子。

再來就是碗裡面的飯、棉花糖以及啤酒。

明明是吃吃到飽，整體的量卻比普通的定食套餐還要少。

「這樣就會飽了。」

既然她都這樣說了，似乎也不會再多夾一盤。

這個人也太不適合吃到飽了吧……

某種意義上，這樣是最奢侈的就是了……

由美子看著森單手拿碗，夾起菜，接著這次是千佳回來了。

眼見千佳雀躍地放下盤子，由美子發出傻眼到極點的聲音。

「妳果然和我想的一樣愚蠢呢……」

「啥？突然說這什麼意思？像佐藤那樣裝得自己很會，高雅地擺盤才了不起？不是妳說盡情吃喜歡的東西就得了嗎？」

「凡事都有限度……不是，妳那些要怎麼辦？我可不會幫妳喔？」

「真不巧。我自己能好好處理。妳才是，要是等等想吃就自己去拿喔。」

千佳哼了兩聲，得意地笑著。

她在托盤上放了三個盤子還有兩個碗，一碗裝飯一碗裝著拉麵，另一隻手上拿的盤子則是裝滿烤肉用的肉。

她不僅拿了拉麵、咖哩、炒飯、炒麵及義大利麵等主食，甚至還裝了章魚燒、薯條、炸雞之類的那種容易填飽肚子的東西。

壽司的種類五花八門，蛋糕也同樣有好幾種。這傢伙是不是把蛋糕當作壽司那樣在拿啊？

儘管每一份的量都很少，但俗話說聚沙成塔，積少成多。

千佳雖然食欲旺盛，但不是像夜祭花火那樣能吃很多的類型。

就算是十分之一也好，希望她能向森好好看齊……

「吃完這些就去吃冰淇淋吧。」

千佳嘴上雖然這樣說，但她絕對吃不完。

這明確的未來讓由美子感到心灰意冷，決定烤自己那一份的肉……

接著，她們吃了一會兒。

森不會主動發言，但只要被提問就會回答，感覺千佳也在積極參與對話。

而在吃了一段時間後，森此時才第一次主動開口。

「我從大野那聽說了。歌種小姐，妳有事情想找前輩商量？」

森提起了意外的事情，由美子聞言，手不禁停下了。

由於對千佳烤肉的方式看不下去，她這時正在無奈地幫千佳烤肉。

由美子一邊分著那些肉，同時回答。

「啊，對呀……商量……如果可以的話，我想商量一下。」

「可以喔。」

森爽快地同意了。

老實說，由美子只是想與森一起吃飯，商量並不是她的目的。

當然，如果可以順著話題找她商量是很好沒錯，但剛才腦子裡完全沒想到這件事。

與此同時，由美子也理解了。

或許是大野有囑咐過森這件事。

所以森才會陪她吃飯嗎？

說實話，由美子對此有點失望，但自己應該感謝大野。

由美子切換思考，整理要商量的內容。

「啊，我、我也想在夜之後商量一下事情。那個，是關於演技那方面。」

剛才正在大口吃飯的千佳慌張地接話。

能詢問森意見的機會可是非常難得的。

如果能商量，千佳當然也想。

由美子也在仔細思考要怎麼講後，戰戰兢兢地向森發問。

「那個，我有兩件事想商量……就是關於演技，和畢業的出路。可以嗎？」

「可以啊。夕暮小姐的我也會聽。」

她一邊嚼著筑前煮，同時淡然地說道。

既然她願意聽自己商量，那就該暫時別烤肉才對。

她確認肉烤得如何，同時望向千佳。

她拋了個視線示意千佳先說，千佳會意過來後，輕輕點頭。

「對不起，我先說吧。」

森的視線投向千佳。

千佳露出稍稍緊張的神色，緩緩開口。

「……其實，後輩裡有個人和我的演技非常相像。而且她的演技更靈巧、更厲害。再這樣下去，我的立足之地或許會被她搶走……如果是森小姐的話，遇到這種狀況會怎麼做

呢……不。妳覺得該怎麼做……才能超越她呢？」

……是在說結衣。

現在千佳最大的煩惱就是這個。她一直在掙扎，想試著做些什麼。

森聽完千佳的話，稍微動了一下頭。

視線的前方微微搖蕩。

隨後，這次她望向由美子。

「關於歌種小姐演技上的煩惱，也讓我先聽一下。」

「啊，好的……呃……」

森似乎打算一起講。

此時，由美子正好把鐵網上的肉全都收回來了。

她把整理好的想法說出口。

「現在的現場，有點狀況……就是現場的進度特別慢。動畫雖然是有原作的，但故事採用動畫原創的發展，而且劇本遲遲沒有完成。無法判斷故事的走向會怎麼樣，也難以預測，總是會走一步算一步那樣……所以要飾演也很困難，或者說很難融入角色……遇到這樣的現場，森小姐是怎麼做呢？」

「啊，我也想問這個。感覺就是怎麼樣都無法徹底專注在角色上面。」

千佳感覺也是忍不住想問這個問題，不禁插了嘴。

對於這個問題，不管千佳、結衣還是由美子都有相同的煩惱。

森經歷過各式各樣的現場，應該可以給出合適的答案吧。

當她們懷著懷著這種期待等待回答時，森微微垂下了眼眸。

她的目光朝向桌子，像是要確認自己的說詞那般開始娓娓道來：

「……首先，妳們倆講的話就有誤會。妳們說因為沒有劇本，無法判斷故事發展，所以無法融入角色……但是，演技不需要這種東西。在演的人是自己，而不是劇本或者故事發展。我覺得，妳們首先要在自己心裡建立堅定的自我。」

森以不帶感情的聲音，淡淡地述說。

然而，這番話的含義令人難以理解，聽不太懂。

「請問這是什麼意思呢？」千佳戰戰兢兢地詢問。

森想必也知道自己的解釋很難懂吧。

她開始移動視線。

她緩緩動著眼睛，同時好似自言自語那般繼續說道：

「如果角色確實存在於自己心裡，只不過沒有劇本，角色也不會因此動搖。每天我們在生活中也不知道會發生什麼，但這是理所當然的對吧。可是妳們卻只要求角色能確立這點，這樣很奇怪。妳們的表演意識太強了。需要仔細融入角色，讓自己與其緊密貼合。必須多鑽研一點才行。」

聽完這番話，由美子突然打了寒顫。

她總算明白了森想說什麼。

既然對「自己」而言，無法知曉未來是理所當然的，就不應該對「角色」要求這點。

森所指的是這樣會有背離感。

扮演的角色與自己的距離很遠。

難道她總是如此融入角色嗎？

由美子感覺自己好像面對著一個來歷不明的怪物，內心湧起恐懼和亢奮感。

「……這種做法，不會讓自己內心的角色與劇本中的角色產生落差嗎？像是在自己心裡，這角色不會說這種話……會不會產生這種弊端呢？」

千佳擺出擠出勇氣的表情如此詢問。

然後，森意外地以輕鬆的語氣回答：「會喔。」

她喝了一大口啤酒，隨後又慢慢說下去。

「這種時候，要先告訴導演和編劇。因為製作團隊也不一定總是正確。如果說完後對方能接受的話當然是最好，若是不行……就先用自己所想的演技去嘗試。假如製作團隊依然不能接受的話，那就沒辦法了。就當作我的理解能力和演技不足，到此結束。不過，其實還滿容易通過的。對方會說這樣比較好。」

「…………」

由美子聽完，啞然失聲。感覺自己聽到了不得了的事情。

要反過來用自己的演技讓劇本屈服嗎？

由美子心想「不不不等一下等一下」，頓時搖了搖頭。她想確認一下。

「那個，妳剛才說用自己所想的演技去嘗試，是指變更臺詞嗎？」

「如果商量時製作團隊允許變更，那就改，若沒有的話，就不改，按照臺詞配音。但是，表現的方法要改變。演出自己所想的角色。」

不變更臺詞，而是改變表現。

這樣的結果，是森香織的演技更為正確，是嗎？

她並沒有炫耀，以平淡的語氣繼續說道：

「因為，編劇和導演不一定比我更了解那個角色。畢竟自己才是最了解自己的。況且，我認為在這種地方起衝突，對於製作一部好作品來說是必要的。」

……因為她是森，所以才能做到這種事。

因為她對自己扮演的角色，有一種應該要比任何人都要熟悉的自負。

正因為角色與自己合為一體，才會出現那些疑問，感到不對勁。

把它說出來，讓周圍的人了解，結果就是作品在修正後變得更好。

要是沒有絕對的自信和實力，是絕對做不到的。

「我們聲優基本上都是被動的。假如沒有接受的東西，就無法完成工作。可是，什麼都沒想只顧著接受，我想並不是好事。」

聽到她講得如此直接，狠狠刺痛了胸口。

由美子對「瑪修娜小姐」的現場感到不滿，但若是問自己有沒有鑽研到完美，那肯定是沒有。

由美子忍不住與千佳對視。

千佳肯定也在想著同樣的事情。

「然後，關於夕暮小姐的煩惱。」

「啊，呃，是。」

被叫到名字，千佳慌張地重新看向前方。

「當妳與歌種小姐有同樣煩惱的當下，就代表妳還有需要更多鑽研的要素。我覺得在煩惱贏不了誰之前，最好先試著做到極限的極限。」

「……好的，非常感謝妳的建議。」

千佳老實地點頭。

由美子也自然地跟著點頭。

儘管原本就心知肚明，但自己還差得遠。

要對現場感到不滿，也得等到可以大言不慚地說自己已拚盡所有。

理解到這點，幹勁之火便開始熊熊燃燒起來。

「啊。」

然而，此時森發出了聲音，好像注意到了什麼。

她依然是面無表情，閉上眼睛。

「這件事，大野有叫我不要說。」

「？大野小姐？我覺得學到了很多東西啊……為什麼不行呢？」

「因為有個新人模仿我，惹火了很多人，後來就被封殺了。」

「…………」

這……這樣大野當然會要她別說出來……

森之所以對製作團隊提出異議，改變演技還能通過，是因為她有著實力與實績。

假如一無所有的新人如法炮製做出同樣的事情，也只會被人家覺得很狂妄，一腳踹開。

這段話裡面可以參考的，頂多只有心態……

「所以，歌種小姐。妳剛才說要商量畢業出路？」

森再次發問，由美子慌張地回神。

她也非常想聽聽看森的意見。

她向森坦承自己在煩惱畢業後的出路該怎麼辦。

隨後，森睡眼惺忪地喃喃回答。

「我覺得夕暮小姐不去大學也沒關係。」

「咦？」

聽到出乎意料的回答，千佳不禁眨了眨眼。

她一臉困惑地開口。

「不，我……並沒有在煩惱出路。只有夜在煩惱這個問題。」

「這樣啊。」

森面不改色，平靜地應答。

然後，她這次看向了由美子這邊。

「我覺得歌種小姐最好去上大學。」

「咦…………」

這個回答……有點……沉重……

這兩句話，其實是想暗指由美子無法在聲優業界存活，所以最好去上大學，但是千佳沒問題嗎……

或許是因為實在很尷尬，千佳開始用吸管喝著果汁。

「姊姊，太好了呢。森小姐說姊姊不用上大學也沒問題。真是太好了呢，姊姊。她說妳專心做聲優也沒問題耶～」

「……等一下，好重。好重！我哪知道啊，別拿我出氣！」

由美子很不甘心，直接往千佳身上靠。

她一個勁地把體重壓上去，就這樣順勢把千佳壓倒了。

森看著眼前這幕，平靜地搖頭。

「我的意思，不是專心做聲優。我回答的只是如果作為聲優需不需要上大學，夕暮小姐可以不用去。」

森指正了兩人的看法。

既然這樣，她為什麼要說由美子最好去上大學呢？

她娓娓敘述了答案。

「歌種小姐——妳若是盡可能地累積經驗，肯定能表現出更棒的演技。看到白百合時，我就這樣想了。像妳這種類型，跟角色重合的要素愈多，就愈能融入角色，演技也會更上一層樓。其實不是上大學也可以，但總之妳要累積經驗，增加自己的底蘊比較好。」

她的聲音沒有起伏，但可以從中感受到她對演技的熱忱。

這……可以認為她是在表揚自己的演技嗎？

演白百合的時候，由美子按照加賀崎說的，將角色與自己重疊在一起。

她試著讓角色降臨到自己身上，變成附身狀態。

這樣的做法造就了當時的演技，這點毋庸置疑。

不，這到底該怎麼判斷……？她真的是在誇獎自己嗎……？

由美子不知道如何判斷，此時森喝完了最後一口啤酒。

「我吃飽了。」

她雙手合掌，隨後直接起身。

由美子以為她要去再追加什麼吃的，結果看到她手裡有帳單和包包，頓時驚慌失措。

「我吃完了，要回去了。」

森的態度就像是要去一下洗手間那樣，迅速往前邁出步伐。

由美子大吃一驚，與千佳一起站起來。

「啊，森、森小姐！多謝招待！」

由美子向她的背影搭話，但她沒有回頭，就這樣走向了櫃檯。

千佳慢了一步搭話，結果也是一樣。

她果然是個獨特的人。

目送彷彿幻影那般消失的森，隨後兩人同時坐回座位上。

想必內心都有自己的想法吧。

她們繼續默默吃著剩下的料理。

然後，千佳緩緩吐出一口氣。

「佐藤。」

「怎麼了？」

「我們相遇一年以上了——其實我對妳還……」

「不要。我才不幫忙。」

「等一下！什麼啦！難得我打算對妳說些好話耶！」

千佳用肩膀不斷地往這邊頂。

由美子瞥了一眼，看到她拿來的盤子上還放著堆積如山的料理。

「妳肯定是開始吃不下了對吧。我早跟妳說過了。既然妳都說會好好吃掉，就自己負責到最後吧。這裡吃剩可是要罰錢的喔。」

由美子似乎說中了，千佳發出「唔唔唔」的聲音咬緊牙根，看起來很不甘心。

……結果，由美子立刻心軟，決定幫千佳解決，但這個量就算是兩個人吃也很難吃完。

由美子在內心發誓，以後再也不帶這傢伙來吃到飽了。

在「飽餐一頓太郎」吃得肚子飽飽地回到家後。

由美子打算向森發一封簡訊道謝，這才注意到自己不知道她的聯絡方式。

之前，她曾在現場說過「不怎麼看手機」，所以不管知不知道，可能也都沒辦法讓她看到就是。

正當由美子在自己房間的床上玩著手機時，突然有通來電。

由美子反射性地想「是森小姐？」，但並不是。

可是，螢幕畫面顯示出來的名字，又是個意外的人物。

「大野麻里」。

由美子立刻接起電話，隨即聽到了慵懶的聲音。

『喔——歌種。現在方便講電話嗎？』

「方便啊——怎麼了嗎？」

『嗯。我有點事情想先跟歌種說一下。妳最近有Phantom的錄音對吧？今天才剛結束。

由美子正要告訴大野已經錄完了，但大野先一步繼續說下去。

『歌種，我在想妳是不是會約森去吃飯。』

「啊——是啊。應該說，我已經約了喔。因為是今天錄音，所以我直接請她陪我去吃飯了。」

『……真假？啊，是今天啊？』

對方回話的聲音顯得很意外。

頓了一拍後，便聽到大野以感慨的語氣說著：『這樣啊——去了嗎——真的去了啊。哎啊——那個森居然……』

她們兩人之間果然有過什麼對話。

「那個，大野小姐。謝謝妳。是妳要森小姐陪我商量的對吧？」

森說過類似的事情。

因為大野囑咐過森，所以森才會帶她去吃飯。

但大野聽了後，有點摸不著頭緒地說了『啥啊？』。

『我？要森？我怎麼可能說那種話啊。』

「咦？可是森小姐說過啊。她說，大野小姐有聽我商量事情。」

『啊，我是說過。但我從來沒說什麼「去聽她商量」啊。是說，就算我說了她也不可能聽啦。』

……這個嘛，確實如此。

由美子不認為森會聽從別人的話。

下一刻，這次傳來了微微的笑聲。

『那傢伙會去吃飯，單純是因為中意歌種吧。太好了呢，歌種。』

……似乎是這麼回事。

若是自己真的得到了森的青睞，確實是會開心得靜不下來。

但是，由美子莫名感覺心裡難以釋懷，不經意多嘴了一句。

「……但是，夕也一起來了喔。是森小姐主動問她『要去嗎？』這樣。」

『咦，真假？連夕暮都去了？啊……是嗎……噢……所以呢，怎麼？妳在鬧彆扭？這有什麼關係。這又不代表妳的評價會有變化。』

說得有理。
由美子只是覺得有點難以釋懷就說出來了而已。
然而，大野的下一句話令由美子實在無法忽視。
『歌種，既然夕暮跟妳有同樣的評價，這樣妳反而很開心吧。』
「咦？為什麼啊？我不明白這是什麼意思。我這輩子從來不覺得跟那傢伙相提並論會讓我開心啊。」
『妳真麻煩啊——』
大野笑得很愉快。
但是，她隨即惋惜地說道：
『啊，不過，這代表我太晚給忠告了。妳們是去吃便宜的吃到飽對吧？森很喜歡那間店呢——我本來是想說要去吃飯的話，就不要交給她選，讓她帶妳去貴的地方。只要妳幫忙帶路，不論什麼店她應該都會幫忙付錢。』
似乎是這樣。
這樣一說，由美子也覺得有點可惜，但去那間店其實也滿開心的。
畢竟森看起來也很開心，還看到了她珍貴的一面。
而且。
「非常感謝妳，大野小姐。但沒關係。貴的店我會請大野小姐帶我去的。」

『啊？……唉，知道了知道了。要去哪我都帶妳去。』

大野感到滑稽似的笑了。

NOW ON AIR!! 第60回

「化名『牛奶糖』同學。啊，是女孩子。『我今年升高二了，有件事想找二位商量』。」

「狀況突然就變得難以判斷了……找我們商量……？我不覺得有辦法回答出什麼……」

「『我的目標是成為聲優。想說高中畢業後要去培訓班，但媽媽反對，要我去上大學。我說也有像二位這樣是高中生又是現役的人，現在去都算晚了，但是媽媽就是不聽。請問我要怎麼樣才能說服她呢？』」

「來了個沉重的問題呢？」

「我是覺得她絕對搞錯了要商量的節目……我們以前還有過很誇張的負面爭議耶，為什麼特地問我們？」

「我們可是有過很慘的遭遇喔。」

「就是啊。如果妳媽媽知道我們的事情，肯定會說『別當什麼聲優！』。」

「說起來，夜現在就在煩惱畢業出路。」

「沒錯沒錯，我才找人商量呢。」

「而且，聽這個廣播一陣子的人應該都知道，我家長也是反對的喔。應該說現在也還在反對。不過，我打算乖乖聽話去上大學。」

「我是可以自由選擇啦，不過現在正為此絞盡腦汁地思考呢。呃，什麼來著？要告訴妳怎麼樣才能說服她對吧。唔——……」

「既然家長都這麼說了，我覺得老實去上大學比較好。」

夕陽與夜澄的高中生廣播！

「我的意見大概也一樣吧——最可怕的應該是被家長拋棄吧？即使壓下反對當上聲優，到時變得孤單一人就會非常不安喔。」

「因為這個職業是瞬息萬變，緊要關頭是否有人能夠依靠，狀況會截然不同。畢竟也有人在走投無路時因為求助無門，最後只好放棄。」

「是啊……而且看我們就能明白，就算是一邊上學也能想辦法從事這個行業。如果不是要說服家長，而是換個角度接受一下她的意見如何？畢竟也有人邊上大學邊上培訓班，大學生聲優也不在少數喔。」

「也可以現在就去上培訓班呢……雖然這應該不是妳想要的答案，就麻煩妳通融一下吧。畢竟我們對自己所處的狀況也有很多想法。」

「真的。應該說我現在根本沒時間幫別人想啊……必須要快點為自己的出路找出答案才行……話說回來，小朝加，妳提這種來信到底是什麼意思——」

to be continued……

稍微出了點麻煩。

事情發生在由美子為了錄製「瑪修娜小姐」特別回顧節目，前往錄音室的途中。

路上，她發現了熟悉的背影。

是結衣。

由美子跑向那個背影，輕輕拍了她的肩。

「嗨。小結衣，早啊。」

她本以為結衣會笑容滿面地打聲招呼回她。

然而她一搭話，結衣的身子就猛然一顫。

結衣臉色緊繃地回過頭，看到由美子的臉之後，露出了鬆口氣的表情。

「夜夜前輩，早安！」

奇怪。

笑容非常僵硬，看起來明顯在勉強自己。

由美子不禁擔心，想說她難道是身體不舒服嗎？

「小結衣，沒事吧？狀況不好？要是很嚴重的話，還是跟工作人員說一聲比較好……」

「咦？沒、沒有沒有！我很有精神！哎呀——好期待錄音呢！」

結衣強顏歡笑，在由美子面前舉起雙手。

她明明前陣子還露出放鬆的笑容，笑著說很開心能跟千佳一起錄音。

然而現在的她，感覺笑容隨時會從臉上消失。

結衣伏下眼眸，開始用眼角餘光確認周圍的狀況。

接著，她用一種求助的眼神望過來。

「……那個，夜夜前輩。可以問一下妳的意見嗎……？如果是夜夜前輩……我應該可以說得出口……」

眼見後輩一臉凝重地說這種話，沒有前輩會將其拒於門外。

距離錄音沒剩多少時間，所以由美子決定在休息室聽她怎麼說。

兩人在桌子前並肩而坐。

結衣一臉難以啟齒地低著頭，但她很快就開始斷斷續續地講起來了。

「其實……我跟經紀人聊過之後才知道……我通過試鏡的那個角色，夕陽前輩也有參加試鏡……夕陽前輩她，好像落選了……經紀人雖然瞞著我這件事……但好像還有其他這樣的角色……」

由美子雖然不是千佳，但她聽了後也不禁想咂舌。

她注意到了嗎……真不希望她察覺這件事。

成瀨和千佳都曉得這件事，那麼結衣的經紀人應該也知情。

經紀人本來應該是打算隱瞞到底，但還是穿幫了嗎？

這樣的現實，她們既不希望結衣知道，結衣肯定也不想知道吧。

自己竟然從最喜歡的前輩手中搶走了角色。

「……可是，這也沒辦法吧？畢竟角色只有一個啊。要是開始在意這種事，根本就沒辦法試鏡了。」

「這個……我是明白。可是，這樣是不對的吧……！」

結衣十分慌亂，一臉鐵青地仰望由美子。

由美子知道，這種場面話根本算不上安慰。

「經、經紀人說……只是因為我更優秀，所以結果才會是這樣……可是……可是，這樣不對吧！我、我的演技是模仿夕陽前輩，只是在模仿而已！可是，可是卻因為這樣害得夕陽前輩的工作要減少，太奇怪了吧！」

結衣帶著泫然欲泣的聲音，像是不願接受現實那般搖著頭。

她應該也不希望出現這種狀況。

模仿尊敬的前輩的演技，因此獲得了角色，為此喜悅，不過就是這樣而已。

然而這樣的行為，開始與否定夕暮夕陽產生連接。

「既、既然這樣……我就不模仿夕陽前輩了……！用、用其他的演技……！」

「要是這麼做，夕會真的輕蔑小結衣的。」

結衣脫口而出的那句話，讓由美子實在沒辦法視若無睹。

或許是因為由美子的語氣說得很重，結衣猛然縮了一下身子。

由美子雖然認為這樣對於向自己求助的眼神是有些嚴厲，她還是認真地回話。

「這樣不行的。妳這麼做就是顧慮到夕而故意放水吧。這是對夕的侮辱，而且對許多人都不尊重。明明有通過試鏡的實力，卻不表現出那樣的演技。這樣就連我也會討厭小結衣的。唯獨這點絕對不能做。」

如果結衣以「會奪走千佳的立足之地」為由扭曲自己的演技，千佳會有什麼想法呢？周圍的聲優及經紀人要是知道了又會怎麼想呢？。

結衣想必也明白這點。她用力抿緊嘴唇。

然而，即使腦袋明白，也無法簡單想通這個問題。

結衣順著愈來愈亢奮的感情，發出難受的聲音。

「但是，我……我討厭這樣……就因為我模仿，就因為我喜歡她，反而阻礙到夕陽前輩……我不要這樣啊……」

她再次低下頭，愴然淚下。

由美子煩惱著自己該說什麼，到頭來什麼也沒說。

原本試鏡就是搶椅子遊戲，結衣沒有必要顧慮別人，千佳雖然會感嘆自己的實力不足，但她的個性不會去怨恨結衣。

然而，結衣的不安是絕對無法消除的。

會不會被千佳討厭呢？

自己的存在是不是讓她覺得很拘束呢？

……千佳也是人。

明明是在模仿自己。

要是沒有她的話。

如果千佳絲毫沒有這樣想反而很奇怪。

正因為如此，結衣才會感到害怕。

她在想像著自己被最喜歡的千佳忌憚、怨恨，遭到拒絕的未來。

話雖如此，如果她放水，那才真的會被千佳怨恨。

「早安……咦？怎麼了……發生了什麼事？」

千佳走進休息室，眼前異樣的氣氛讓她皺起眉頭。

結衣在哭，由美子又在旁邊顯得很尷尬。

千佳似乎看到這副景象就明白了。

「啊……」

說不定，她知道總有一天會這樣。

千佳也是一臉尷尬地撇開目光……

或者——

假如千佳是能在這種情況下巧妙地用話術帶過的個性就好了。

如果千佳是個會願意鼓勵、訓斥結衣的精明前輩，讓結衣無須顧慮千佳，做出一如往常的演技……

但是，渡邊千佳是個不擅長與人交流的女孩。

「…………」

千佳不發一語，向由美子求救。

能幫忙的話，當然想幫她。

能打圓場的話，肯定會想開口。

但是唯獨這次，如果不是千佳發自內心所說的話，肯定無法打動結衣的心。

「……啊、啊——！夕陽前輩，早安！呃，那個，其實呢，之前看的電影超催淚的，剛才跟夜夜前輩聊到，一想起來就不小心哭了！」

結衣從椅子上迅速彈起來，以顫抖的聲音說個不停。

這就好像在喊「拜託，別再提這件事」。

休息室的氣氛雖然很凝重，但是當然不會在攝影機前表現出來。

回顧節目與平常一樣順利結束了。

然而，節目這邊也有問題。

「魔女見習生瑪修娜小姐」在第一話的當下，水準就非常危險。

作畫不僅隨著集數增加愈來愈崩壞，第三話連內容也不好。

第三話就只是瑪修娜等人單純在吃飯。這話的空虛程度成了熱烈討論的話題。

部分觀眾以此為樂，刷了一堆洗版的留言。

因此，從這次開始甚至關掉了直播的留言功能。

明明是難得的直播，看不到觀眾反應的螢幕實在教人落寞。

話雖如此，不忍直視的聊天室訊息也挺難受的……

然後，看到「瑪修娜小姐」的錄音現場，就會覺得這一切的原因應該還不會消失。

現場依然和之前一樣忙成一團。

不僅如此，嚴苛程度還與日俱增。

工作人員總是身心俱疲，重新錄製、修正劇本，就連緊急應付過去的影響也在陸續增加。

疲憊不堪的她們究竟在從事著多麼繁重的工作，光是想像就覺得可怕。

話雖如此，聲優這邊也不能老是在意工作人員。

『好的，ＯＫ。』

「對不起。剛才的可以讓我重錄嗎？聲音沒有完全發出來……不好意思。下次我會喊出更好的聲音。拜託了。」

聽到控制室的聲音，千佳舉手，主動提出重錄。

因為若是不這樣做，就算是低水準的演技，也會不斷地錄製下去。

她們能感受到製作團隊心急如焚，明白對方無暇顧及演技。

但對她們來說，這是工作。

其他聲優也一樣，只要不滿意就會主動提出重錄。

可貴的是，製作團隊也接受了聲優這樣的行為，沒有對此為難。

就算處於鋌而走險的狀況，也總算是在繼續前進，這是唯一的慰藉。

然而，其中唯獨一人停下了腳步。

『高橋小姐，沒問題吧？可以繼續下一個場景嗎？』

「……咦？啊，沒、沒問題！對不起，抱歉！」

明明輪到結衣出場，但是她還坐著不動在那發呆。

她聽到自己被叫到，慌張站到麥克風前，不斷向周圍的人鞠躬道歉。

……她顯然是因為千佳那件事而受到影響。

由美子雖然想設法幫她，但不知道解決的方法。

乾脆祈禱時間能不能幫忙解決好了——

但她立刻理解，這種想法太天真了。

「——我！最喜歡這個魔法……還有妳們兩個……！希望妳們和我一起來。希望妳們，和我一起參加考試……」

千佳首先對結衣的演技做出了反應。

她的肩膀顫了一下，隨後可能是下意識地看向由美子。

由美子也同樣看向了千佳，但現在正在配音。

她們立刻專注在自己的演技上。

「哎呀哎呀，瑪修娜都說到這個份上了啊~嗳，希蘭。怎麼辦~？我覺得就看希蘭怎麼決定了。」

「啥……啥啊？這、這種事……我……是……無所謂啦……」

兩人依序為克莅麗絲、希蘭配上聲音。

面對學校的考試，瑪修娜與希蘭發生了摩擦。這次描寫的故事就是她們從這部分開始，直到兩人重修舊好成為隊友。

「謝謝……我好開心……太好了，能跟妳和好……」

瑪修娜放心後，當場哭了出來。

當然，結衣也要展現出哭泣的演技。她發出了與夕暮夕陽的演技十分相似的哭聲。

就這樣，畫面慢慢淡出，這個場景結束了。

「……………………………」

由美子內心覺得愈來愈不對勁，現在已經變得深信不疑。

她觀察控制室的反應，但該處傳來的回覆也不是她想要的。

『ＯＫ。那麼，下一個場景……』

由美子聞言，不禁想大喊「ＯＫ？開玩笑吧？」。

而關鍵的結衣依然低著頭，緊緊握著劇本。

劇本的形狀都歪了。

結衣站在最靠裡面的麥克風前面，加上她擦得很迅速，想必除了千佳與由美子之外的人都沒注意到吧。

她剛才偷偷落淚了。

那是與剛才的演技並不相稱的、真正的眼淚。

當天所有的錄音工作都結束了。

打完招呼之後，結衣率先離開錄音間。

由美子見狀，也跟著急忙跑到走廊，看到結衣朝著與入口相反的方向走去。

關於演技，關於剛才的淚水，有許多事情令她掛心。

但是，由美子猶豫了。

該說什麼？這時該說什麼才好？

當由美子看著結衣的背影猶豫時，有人從旁邊快速地跑過。

「渡邊……」

千佳以小跑步追著結衣。

由美子見狀後握緊拳頭，連忙跟在千佳後面。

結衣在位於錄音室深處的自動販賣機區角落。

周圍沒有其他人，但她躲在牆邊低著頭，就像是要把自己藏起來那樣。

「高橋小姐。」

千佳朝著結衣的背影搭話，隨後結衣就戰戰兢兢地回過頭。

她壓低聲音，靜靜地流著淚水。

結衣一看到千佳，便瞇起眼睛，抿緊嘴巴。

她皺著一張臉，打算移動腳步——但是在前一刻停下了。

她好像要隱藏內心的迷惘那般，將緊握的雙手放在胸前。

……如果是以前的結衣，肯定會毫不猶豫地衝向千佳吧。

彼此關係的變化彷彿變得更加明確，頓時湧起一股難受的心情。

然而，現在沒時間為此心痛。

有件事非得問她才行。

「高橋小姐，那樣就行了嗎？」

千佳問的，是關於剛才的演技。

她的聲音沒有溫度，但能讓人感覺到千佳是以自己的方式在擔心。

「如果是妳，應該可以呈現出更好的演技。正確來說，假如不是這個現場，妳就會被要求重錄了。看到我們就明白吧？工作人員沒有那種餘裕，如果不主動提出來，就算是差勁的演技也會通過的。」

如同千佳指出的那樣，結衣的演技和平常有所不同。

結衣的表現一直都穩定得非比尋常，今天是第一次有失水準。

曾讓千佳她們戰慄的演技，失去了鋒芒。

但是，這次的演技還是通過了。

面對這樣的事實，千佳緊緊握住了手。

「不管妳的演技劣化，還是在配音時哭，這都與我無關。但是，如果妳放水的理由是因為顧慮到我，到時候……」

到時候。

千佳一定無法原諒結衣。

然而，似乎並不是這樣。

「不是的……不是、這樣的……」

結衣終於出聲。此時的她眼淚流得更厲害了。

她一臉難受地啜泣，同時擦去好幾次淚水。

「我已經搞不懂了……搞不懂了啊……我不知道，該怎麼辦……！因為，因為……誰都沒有在聽我的演技……！」

她聲淚俱下，說出這樣的話。

千佳見狀，不禁露出了困惑的表情。

由美子也忍不住出聲了。

「不是，妳在說什麼啊？大家都在聽小結衣的演技吧。『瑪修娜小姐』的主角是小結衣妳啊？」

聽到由美子的聲音，結衣死命搖頭。

淚水隨之飛濺，落在地上。

「大家對作品的感想，全都是作畫……只會說什麼，畫面很糟糕之類的……！班上的同學，現在也都說『沒在看』……！『無聊』……！說、說我第一次主演的作品是那樣，很可憐……！」

這些哀嘆的話語，不是原本想像中的任何一種。

這出乎意料的一擊灌注了如此強烈的念想，讓由美子頓時語塞。

原來，她一直在獨自戰鬥嗎？

千佳與由美子都因為發生過以前的事情，不會在網上自搜。

只要加賀崎不說，由美子現在甚至不會看作品的感想。

可是，結衣不一樣。

這是她第一次主演的作品，她肯定會興致勃勃地尋找感想。

自己出演的作品如果獲得好評，聲優自然會感到開心。

演的角色愈是接近主角群，就愈是如此。

然而——結衣現在是被迫處在完全相反的狀況。

不忍直視的感想層出不窮，自己是這部差勁作品的主角。

她被這個現實狠狠擊倒了。

「可是……就算是這樣，我也想過要努力……！畢竟難得可以和夕陽前輩共同演出，我要加油才行……！可是，我的演技，是模仿夕陽前輩！會因此妨礙到妳……！愈是努力，就愈會被夕陽前輩討厭……！」

不對。這不對。

由美子想否定，但不管她說什麼，聽在結衣耳裡可能都會是空虛的話語。

千佳一定也是相同的想法吧。

她一臉茫然地看著結衣。

而結衣痛苦的聲音依然在繼續。

「今天也是，我不是故意的……我沒有想要放水……但是，回過神來就ＯＫ了……不管是音效指導還是副導，根、根本都沒在聽我的演技……！我有想過重錄！但是說不出口……！就算我努力，也都是遇到難受的事情……！可是，就算不努力，也不會有任何改變！」

她用手摀住了臉，但淚水依然不斷滴落。

聽著她的聲音，好像連她們兩人也會感到痛苦，她以那種聲音哀嘆著無可救藥的現實。

「我已經，我已經，搞不懂了……我搞不懂啊……！」

就這樣，結衣像是逃跑般離開了。

「…………唔！」

千佳原本試圖追上去，卻又停下腳步。

然後，她一臉不甘地咬著嘴唇。

想必她是不知道該怎麼開口吧。

儘管想要鼓勵結衣……但又該怎麼鼓勵才好？

再說，鼓勵是正確答案嗎？

結衣懷抱著的各種問題與煩惱攪和成一團，激烈地動搖著她的心。

即使要否定結衣的那番話，她說出的事情也不完全是錯的。

那些話化為無法顛覆的現實，擋在眼前。

「啊，真是的……我明明是前輩……」

由美子用右手遮住臉，隨後抓亂了頭髮。

「夜夜前輩！」——結衣那天真無邪的笑容浮現在眼前，又迅速消失。

自己明明與她在同一個現場近距離接觸，卻沒能注意到她的痛苦。

不僅如此，還總是在考慮該怎麼樣面對她的才能。

明明自己是前輩。

一直以來，自己從前輩們那裡收到了許多東西。自己應該把同樣的東西傳給下一個後輩，應該像那樣做出回報。

然而現在卻只顧著自己，沒能好好關注結衣。

由美子什麼都做不到，只是就這樣杵在原地，此時，門突然傳來「嘰」的一聲。

她猛然回神，往門的方向看去。

發出聲音的，是與自動販賣機區設在一起的吸菸區的門。

「啊——……抱歉，我沒打算偷聽的。」

站在那裡的人，是加賀崎。

今天她也有跟來錄音現場。

不知道她是趁著錄音結束來抽一根菸，還是想在吸菸區找人聊天。

她剛才似乎是站在從這邊正好看不見的位置抽菸。

還有其他人嗎……由美子如此心想，往該處投以視線，加賀崎見狀便用手勢告訴她「沒人」。

加賀崎在場是讓由美子嚇了一跳，不過她如果有聽到，事情就簡單了。

由美子像是要找尋依靠那樣，詢問加賀崎。

「加賀崎小姐，我該怎麼辦？該對小結衣說什麼才好……」

如果是可靠的加賀崎，應該能給出中肯的答案吧？

然而與她的期待相反，加賀崎尷尬地搖了搖頭。

「……我也不知道。一切都太不湊巧了。那麼多不幸的狀況重疊在一起，真的會讓人覺得束手無策啊。若是我負責的人變成那樣，我也沒有能順利開導她的自信。」

「……妳說的不湊巧是指？」

千佳以無力的聲音問道。

加賀崎輕輕吐出一口氣，搔了搔頭。

「那孩子還對聲優抱有夢想。畢竟是剛入行第二年的新人，當然會這樣。『不搶走其他人的椅子就無法存活』『聲優無法選擇出演作品』，她肯定還沒理解這些事情的真正含意。因為一般來說，這些事情都是慢慢才會理解的。」

加賀崎說著說著，取出了錢包。

她一邊買自動販賣機的咖啡，同時繼續說明。

「妳們也是看著現實，才逐漸變得能想通各種事情吧。由美子是第四年，夕暮做演員本身是第五年來著？就算懷著夢想進入這個業界，也會慢慢從夢裡清醒過來。但說來也真是諷刺啊……她反而因為自己的才能，失去了清醒的時間。」

這時，加賀崎指向自動販賣機。

由美子讓加賀崎買了同樣的咖啡，千佳則是請她買了奶昔。

加賀崎單手拿著咖啡罐，就這樣打開拉環，湊到嘴邊。

「她的煩惱，不是剛入行第二年的新人該有的問題吧。像是搶走前輩的角色什麼的，或是主演的動畫水準悽慘什麼的，她還沒練就足以接受各種現實的器量，這些事情就同時塞到她身上，這樣當然會崩潰。要是由美子與她抱有同樣的煩惱，我是可以給出像樣的建議，但第二年就遇到這種事情……」

聽到這裡，由美子明白了「不湊巧」這句話的含意。

她想起來了，結衣前陣子還是國中生，演藝經歷才剛第二年。

由美子剛進入這個業界時，也是多虧了塑膠女孩才能閃閃發光，才能認為聲優業界燦爛耀眼。當初根本不會看著現實，只是在享受著前進的樂趣。

當時，若是自己陷入與結衣相同的狀況——說不定已經逃跑了。

那是不行的。

「那個，加賀崎小姐。能不能想想辦法呢？就算是現在開始也好，我們有沒有什麼能為小結衣做的呢？因為再這樣下去，小結衣肯定會……」

「會崩潰吧。」

由美子剛才欲言又止的話，由加賀崎說出口了。

千佳聽到這句話起了反應，顫了一下。

加賀崎把眼神移向咖啡罐，不帶感情地說：

「如果她繼續帶著像今天這樣的心情，遲早會崩潰的。無論理由為何，在那樣迷惘的狀態下飾演角色並非好事。畢竟『自己正在拚命努力』的這種自負，意外地算是心靈上的支柱。要是放著不管，狀況肯定會很糟糕。」

接著，加賀崎說「可是啊」，嘆了口氣。

「……老實說，說來也很過分，但我發現自己內心有一部分希望事情演變成那樣。」

「……這是什麼意思？」

就算被千佳這樣詢問，加賀崎也沒有抬起頭。

她看著咖啡罐，以平靜的語氣說道：

「高橋是天才喔。今後她肯定也會在所有試鏡現場帶來轟動。上面的雖然不會受影響，但新人、年輕人到時得互相爭奪那孩子剩下的角色。她的才能就是如此出眾。如果她能自己消失……對吧。」

天才。

聽到結衣的演技時，最先感受到的就是這個形容詞。

連演技遠遠超越新人的夕暮夕陽，結衣都能輕易模仿。

就算模仿的是其他聲優，她肯定也能做到相同的水準。

這樣一來，變成加賀崎害怕的狀況也很正常。

話雖如此，怎麼能就這樣丟下她不管——

「由美子。」

被叫了名字，由美子才注意到自己不知不覺間已經低著頭。

「怎麼了……？」

「妳不知道該怎麼做對吧。這是個難題喔。所以，如果妳什麼都不做……什麼都做不到，我覺得這樣就好。那是高橋結衣作為一名聲優的問題。我最害怕的，就是妳也被捲入她的煩惱，同樣受到傷害。」

……或許是這樣沒錯。

但是，事實上她也沒辦法這麼輕易地想通。

一直笑得那麼開朗的結衣難受地哭個不停，那副模樣已經深深烙印在她的腦海。

「我說，由美子。」

加賀崎對內心動搖的由美子繼續說道：

「若是泡沫美少女出現非常適合由美子的角色，然後妳去試鏡，結果落選了。而當時模仿了妳的演技的高橋通過的話，妳有辦法什麼都不想嗎？」

「這……」

肯定沒辦法吧……

由美子知道自己沉眠於自己內心的陰沉情感。

就算只是被結衣搶走泡沫美少女的角色，脆弱的自己也一定會受傷。

再加上，如果還是遭到「模仿了歌種夜澄的演技的結衣」搶走。

要是為數不多的機會就這樣被她輕鬆地搶走。

若是製造那個契機的，就是現在的自己。

那麼未來的自己，能不去後悔嗎？

加賀崎溫柔地露出微笑，然後輕輕拍了拍由美子的肩。

「高橋面對的問題，真的很難。所以，局外人不需要多嘴。我認為這樣就好了。」

她喝完咖啡，將罐子扔進垃圾桶。

她最後留下一句「我在停車場等妳」就離開了。

由美子與千佳兩個人被留在原地，頓時陷入一陣沉默。

手中的咖啡靜靜地冷卻。

就算待在這，也不可能改變任何事情。

話雖如此，她又沒有那個心直接回去。

稍微沉默了一會兒之後，千佳低著頭就這樣開口。

「……我和佐藤不一樣，不打算與後輩和睦相處，甚至覺得那種多餘的關係很煩。若是高橋小姐真的因此崩潰……雖然良心多少會痛，但大概也就只是那樣。」

由美子看向千佳。

千佳閉著眼睛，以不帶感情的聲音繼續說下去。

「而且，我覺得加賀崎小姐說的非常有道理。就算不對她做些什麼，肯定也不會有人責怪我們。畢竟那是她的問題，也不該由局外人在旁邊下指導棋。」

「……這樣啊。」

愈是思考，什麼都不做的理由就愈來愈多。

即使就這樣視而不見，也一定不會有人說任何話。說不出口。

既然天才自己崩潰了，說不定會換來更多喜悅的聲音。

由美子明白這一點。

雖然她明白。

「佐藤。」

「怎麼了……？」

「接下來，我要說我對自己演技的想法。這不是在提議，也不是在商量，只是單純的意見。但是，萬一，妳贊同我這個荒謬的意見——」

此時，千佳睜開了眼睛。

她朝向這邊，露出那一如往常銳利、綻放著強烈光芒的眼眸。

「我也會下定決心。」

由美子與千佳決定「什麼都不做」。

她們要照加賀崎說的，徹底旁觀。

專注在自己的演技。

目前的狀況也不允許她們分心去在意別人。

然後，到了下一次「魔女見習生瑪修娜小姐」的錄音日。

——由美子一直認為狀況很糟糕。

劇本遲遲沒辦法完成，故事走向也無法有個定案。

仰賴的原作，是與動畫不同的故事。

所以，她一直覺得很難融入角色，可是——

『首先，妳們倆講的話就有誤會。』

森的建議讓她知道，自己到底推卸了多少責任。

她認為，光是有原作就非常好了。
劇本也是，之前幾集的份都在手邊。
她依照森說的，為了讓自己和角色徹底重合，反覆重看了無數次。
因為需要把手伸向高處。
因為有了絕對要抵達的地方。
為此，這幾天——一直——想著——希蘅——
「————————」
「佐藤。」
由美子聽到有人叫她，頓時回神。
自己似乎正在錄音室前面發呆，旁邊就是千佳的臉。
她輕輕搖頭。
有時一不留神，意識就會忽然遠去。
她自己也不知道這是否算是專注的表現。
由美子「呼……」一聲吐了口氣，此時千佳正默默地盯著錄音室。
她沒有把臉轉向由美子，而是小聲地嘟囔：
「我不是天才。」
「…………」

以由美子的角度來看，夕暮夕陽是才能的結晶。

然而，她親眼看到了真正的天才。

如今，她實在是無法把夕暮夕陽稱為「天才」。

「我的實績與經驗都不多，知道自己是個微不足道的新人聲優。我肯定沒有其他人身上所擁有的東西吧。」

千佳喃喃說到這裡，抬頭看向由美子。

她以銳利卻漂亮的目光看著這邊。

「但是，我有妳。」

「……嗯。」

「就算是半吊子，聚在一起多少也會像樣點。」

「是啊。」

她們以只有彼此能聽到的音量交流。

想必千佳也在緊張吧。

仔細一看，千佳的眼眶下面浮現了黑眼圈。

或許她是勉強自己把資料灌進腦海。

由美子裝作沒看到黑眼圈，兩人一起走進錄音室。

工作人員一如既往忙得不可開交，疲憊不堪。兩人向他們打過招呼後，走進了錄音間。

在裡面的只有結衣。

她明明是主角，卻遠遠地坐在角落的位子。

結衣注意到她們兩人，以驚人氣勢挺起身子，深深低下頭。

「早、早安，夕陽前輩、夜夜前輩。」

結衣用略帶陰鬱的聲音打了招呼，隨後衝了過來。

她像是在掩飾情緒般露出笑容，僵硬地說出類似藉口的話。

「前輩，之前真的很對不起。總覺得我好像說了很奇怪的話……是因為在學校遇上了有點討厭的事情！所以就講出了不經大腦的話……總之，請不要在意！」

她發出嘿嘿嘿的笑聲。

由美子忍不住詢問她。

「小結衣，妳覺得這樣就好了嗎？」

「是的。我已經沒事了！請不要在意！」

那是虛假的笑容。

她今後肯定會永遠像這樣笑吧。

吞下許多感情，一味累積，總有一天爆開。

不過，這與決定什麼都不做的由美子她們沒有任何關係。

然後，現場像平常那樣，從演技指導開始。

今天似乎相對平靜，不僅副導沒有要求重錄，編劇也沒有希望修正劇本。

在莫名放鬆的氣氛當中，音效指導也平順地進行演技指導。

「這次後半部分的劇情發展會非常嚴肅。考試開始前的前半部分雖然很平穩，但請各位在這邊也要保持考試特有的緊張感。後半，敵對勢力『炎舞』會闖進考試，聲音的抑揚頓挫要比前半更強，營造出不同的緊張感……」

這集是嚴肅劇情，而且還有戰鬥的場景。

原本預定是戀愛喜劇要角的男性角色由於已經公開，在不得不使用的狀況下設定為敵對勢力的首領，這次他要與瑪修娜等人戰鬥。

副導等人一直煩惱著該怎麼處理他，但總算是找到了妥協點。

也由於這樣，這次的錄音似乎比較游刃有餘。

演技指導進行了一會兒，音效指導說出一句話總結。

「如果有什麼在意的事情，請盡量發問。」

這時，由美子默默舉起了手。

「歌種小姐，有什麼問題嗎？」

她被這樣詢問，便打開劇本。

「……………」

心臟開始劇烈跳動，甚至讓她感到不快。

手因為緊張而顫抖。幾乎快哭了出來。如果能說一句「沒事」的話該有多好。

她設法鎮住自己膽怯的心。

對自己來說，這件事是必要的。不這樣做，就無法前進。

「……對不起，關於這裡……被敵人襲擊之後，瑪修娜要與希薾、克菈麗絲告別對吧。就是希薾她們去追敵人、瑪修娜去叫老師的場景。」

她說出該頁數後，所有人翻開那一頁。

「這裡，希薾會跟瑪修娜賭氣對吧。她說『我們哪有可能被幹掉啊。再怎麼樣都有辦法解決的，快點去叫老師過來』。可是，希薾其實是個膽小的人，應該很害怕才對。」

「……這個嘛。因為存在著只有瑪修娜才能用的魔法，希薾不禁對瑪修娜有競爭意識。我認為她不願曝露軟弱的一面。」

「是。這部分沒問題。但是，下一句臺詞。」

由美子用力點頭，接著翻頁。

她指著下一句臺詞，緩緩說道：

「『好啦，我們趕緊追上去吧，克菈麗絲』……這句臺詞，我實在是很在意。希薾雖然很倔強，但這個女孩只要在克菈麗絲面前，就會很坦率對吧。尤其是她才剛在瑪修娜面前意氣用事，這裡是不是應該說出真心話呢……」

由美子對這個部分就是非常在意。

這幾天，她一直一直在想著希薾。

熟讀原作，熟讀劇本，試圖把她融入自己體內。

這樣做之後，便出現了些許不對勁的感覺。

然而，這是會妨礙她融入角色的噪音。

「這個……確實，或許是這樣……」

音效指導朝編劇柿崎瞥了一眼。

隨後，柿崎的身體顫了一下，立刻把臉湊近劇本。

她拚命搔著頭，猶如沉吟那般說道：

「說得、也是……的、的確，希薾在克菈麗絲面前，或、或許會說喪氣話……怎麼說呢，這裡就像是以講話強硬的方式，欺騙懦弱的心那樣……」

眼見柿崎講話吞吞吐吐，由美子雖然緊張，但還是予以反駁。

「我明白希薾是這樣的人。如果是在別人面前，她是會這麼做。但是，我覺得只有在克菈麗絲面前，她會變成坦率的女孩。」

「嗯、嗯嗯嗯嗯……」

編劇的眼珠不斷打轉，盯著劇本。

其實，由美子並不想說這些。

這樣做，擺明了就是區區一個新人還口出狂言。

但是——為了接近突破極限的演技，她認為這樣做是有必要的。

不做到這個地步是不行的。

必須要有拋棄各種事物的覺悟才行。

在視野一隅，可以看到結衣正在困惑。

由美子在手心用力。

「這裡，是不是能更改一下臺詞呢？」

聽到由美子擠出勇氣的發言，編劇嚇了一跳。

「現、現在嗎！咦？呃，那個……咦……」

她的態度明顯地驚慌失措，來回看著劇本和由美子。

儘管不過是一兩句臺詞，但那應該不是能隨便更改的。

編劇有她自己所見的世界以及安排。

大概是因為這樣吧，副導開口了。

「……對不起，歌種小姐。聽到妳指出這個問題，我確實也開始有這種感覺了。但是，臺詞並不會顯得那麼突兀……加上時間也不多了。可以請妳就這樣照劇本演嗎？」

這樣的結果也是沒辦法的事。

光是對方給出了成熟的回應，自己就應該感激才對。

——但是，這樣不行，是不行的。

為了突破極限，無論如何都需要這樣做——

「——能不能設法處理一下呢？否則的話，我——」

「夜。」

被叫到名字，由美子猛然回神。

千佳目不轉睛地看著由美子，面無表情地搖了搖頭。

由美子想起自己剛才脫口說出了什麼話，臉色轉眼間變得鐵青。

「不，對不起，我竟然說這種任性的話！我也不覺得突兀……！」

眼見由美子一改態度，猛然低頭，副導與編劇都露出笑容，不再繼續追究。

這是救贖——但由美子為自己狹隘的視野捏了一把冷汗。

現在搞壞關係要怎麼辦？太逾矩了。想想自己的立場。

但與此同時，她的心也變得沉重。

這樣下去沒問題嗎？有辦法填補不足的地方嗎——

「沒問題。」

就在由美子不安的時候，千佳悄聲對她說道。

這句話十分單純，由美子僅因為這句話，心情就一下子輕鬆了不少。

因為那句話的後面還接著一句「交給我」。

演技指導結束，開始後製錄音。

從內側開始依序是由結衣、由美子、千佳這樣的順序站在麥克風前。

此時控制室似乎又出了問題，錄音並沒有順利開始。

趁著這個機會，站在旁邊的結衣把身體靠過來。

「那個，夜夜前輩。剛才那個是怎麼了嗎？妳以前明明從來都沒有說過那種話……」

「嗯？哎呀，這個嘛……」

由美子用指頭搔了搔臉頰。

對於不知道她狀況的人而言，看起來可能是難以理解的行為。

被鄭重問到這件事是有點尷尬，但由美子還是老實回答。

「有個人對我說過，在抱怨現狀之前，要先竭盡心力鑽研演技。所以，我想說這次總算是鑽研到一個境界了吧，然後我就變得很在意……想說希薾是不是會說不一樣的臺詞……」

「意思是劇本有錯嗎？」

聽到結衣輕率的發言，由美子不禁慌張起來。

她反射性地看向控制室，但他們似乎無暇顧及這邊，正在商量著什麼事情。

由美子放心地吐了口氣，接著一邊慎選話語，同時開口。

「不，我並不是說劇本有錯……我平常也不會說那種話啦……一般來說，根本不會有人覺得自己比任何人都熟悉這個角色。這次我也是非常亂來啦。」

結衣露出疑惑的表情，歪頭表示不解。

「為什麼要在這部作品這麼亂來？」

「唔。因為我無論如何都需要超越極限。為了這個目的，我才會鑽研自己的演技，一直到最極限的地步。畢竟我還是個半吊子嘛……照一般的方式，是無法呈現出──那種演技──的呢。所以──吧。必須超越極限才……」

「前輩？」

「我想自己──大概只要──稍微有一點噪音──就應該沒辦法──為了沉浸──為了融入──必須要消除聲音──才行──所以肯定──和森小姐──」

「前輩！」

由美子被抓住手臂，這才注意到自己剛才在恍神。

結衣露出擔心的表情說「沒事吧？」，窺視著由美子的臉。

由美子揮了揮手，笑著掩飾過去。

「抱歉，我好像打開了奇怪的開關。總之呢，我覺得像我們這樣的新人，該做的就是盡可能鑽研演技。對劇本提意見，肯定不對。所以，絕對不可以模仿我喔。」

「我是不會這樣做啦……」

「還有，接下來我要做的事情也是喔。」

「？那個，這是什麼意思……」

『抱歉，讓各位久等了。』

她們原本悄聲說著話，此時控制室傳出聲音，兩人立刻移開身體。

由美子回到麥克風前，依照控制室的指示行動。

要錄的是由美子提出異議的場景。

考試中，遭到不明人士襲擊的瑪修娜等人要分頭行動的那幕。

「等、等一下……！唔……！」

結衣將手伸出，同時說出瑪修娜的臺詞。

隨後她又壓住手，發出呻吟的聲音。

因為遭到襲擊者的攻擊，瑪修娜負傷了。

在黑暗的森林中，三個人被混亂與恐懼所包圍。

「剛才那些傢伙是怎樣？這也是考試的一環嗎？可是，剛才要是沒躲開，瑪修娜就真的不妙了吧？」

「我覺得妳說得對喔～而且，那身黑色裝束……大概與學校無關吧～」

儘管她們正在整理狀況，但螢幕畫面幾乎沒有映出任何東西。

無論是瑪修娜等人、敵人還是森林，都沒映在上面。

存在於白色畫面上的只有名字和計時器，這種最低限度的資訊。

但是。

「————」

慢慢感受到了。

強忍疼痛，警戒著周圍的瑪修娜。

嘴上開著玩笑，內心卻緊繃不已的希薾。

發著溫柔的嗓音，以拖長音的方式說話，卻緩緩地滲出怒火的克菈麗絲。

昏暗茂密的森林。緊張的氣氛。遮蔽天空的陰森樹木。

即使沒有作畫，也能感覺得到。

正因為沒有畫面，才能想像眼前的光景——

「……瑪修娜。能不能麻煩妳去叫老師呢～？我們去追那個人～要是被他逃了，那可受不了呢～」

「等一下。要追的話，我更適合。如果是我的魔法……」

「怎麼能交給受傷的傢伙。肯定是我們去追比較好啊。」

「可是，希薾……」

「我們哪有可能被幹掉啊。再怎麼樣都有辦法解決的，快點去叫老師過來。」

語畢，希薾哼了一聲。

連她的表情都鮮明地浮現在腦海。

啊，很害怕對吧。因為，希薾是最不適合戰鬥的。她明明很清楚自己的實力。為什麼非得如此逞強不可呢？

答案很簡單。因為她不想被瑪修娜看到自己害怕的樣子。

「……唔。我知道了。我立刻去叫老師過來。等我！」

瑪修娜說完，隨即用掃帚飛走了。

目送她離開後，希薾這樣說道：

『好啦，趕緊追上去吧，克菈麗絲。』

希薾展現出絕對饒不了敵人的氣概。

劇本上寫著「滲著怒氣，表現出好戰的一面」。

啊，應該要這樣演啊。

應該遵從指示。

最好別這麼做。不能做出這種事。要是沒被接受的話該怎麼辦？自己應該聽說過，沒有實力、沒有實績的新人這麼做會怎麼樣？住手。妳應該停下來。

明明心知肚明。

但是，由美子還是自然地這樣演了。

因為自己的——自己心裡的希薾——是這樣說的。

「好啦……趕緊，追上去吧，克菈麗絲……」

聲音在顫抖，幾乎是說不出話，但希薾還是像追尋依靠那般，呼喚著朋友的名字。

她只有在克菈麗絲面前，會吐露自己其實害怕得不得了。

由美子能想像到，希薾低著頭，努力忍住身體的顫抖。

『是啊，畢竟這樣下去，考試也沒辦法繼續了呢～』

接下來的臺詞，克菈麗絲要用平常的情緒，悠閒地說出這句話。

但是。

「……是啊。畢竟這樣下去，考試也沒辦法繼續了呢。」

她的嗓音好似母親那樣溫暖，令人安心。

溫柔地包裹顫抖的友人，但仍然讓她前進，讓她能夠前進。

眼前浮現了克菈麗絲輕輕把手放在希薾手上的景象。

這樣一來，希薾也總算是獲得了勇氣，能夠往前邁進了。

「…………」

由美子感受到一陣寒意。緊張支配了身體。

意識一瞬間回到現實，對眼前的狀況有所自覺。

她怕得不敢看控制室。

怎麼辦？要是工作人員阻止自己怎麼辦？要是被罵，要是被否定，要是被封殺。

明明知道不該做出這種事。

但是，自己還是越過了那條不該越過的線。

唯一慶幸的是，控制室目前什麼都還沒說。

繼續演。

不知道等等會被怎麼叮嚀。

但是，至少現在，要專注在只有自己能做到的演技上面——！

「……看到了！追上了！……唔！那些傢伙注意到我們了！」

「希蘭，躲開！」

坐在掃帚上的魔法使開始了空中戰。

旁邊的麥克風前面不是結衣，而是飾演敵人的聲優在大喊。

兩人遭到比自己實力更強的魔法使擺布，陷入了絕境。

然而，這時她們兩人釋放的是原作中也登場過的魔法。

將兩人的魔力重疊，混合了冰與火的決死一擊——！

「上吧，克菈麗絲……！」

「來吧，希蘭……！」

在苦悶的聲音中，所看見的信賴。

然後，自然地——由美子與千佳——對望著彼此。

不知為何，腦海裡閃過的竟是這一年裡發生的各種事情。

在白光之中，回憶變成濁流將兩人吞沒，整個腦袋被染成一片空白。

意識在閃爍。

唰的一聲——

總算在自己的內心完全切換了開關。

在自己身邊的——在希蘭身邊的——是最值得信賴的對象。

那麼，再來只需要全力吶喊。

她們同時吸氣。

然後使出渾身解數，放聲吶喊。

「「打中吧啊啊啊啊啊啊啊啊啊啊啊————！」」

重疊的咆哮震撼著空氣。

由美子感覺自己被千佳的——被克菈麗絲的聲音所牽動。

千佳強而有力的聲音拉著自己，讓自己得以發出超越原本實力的聲音。

——同時。

由美子也感受到自己正拉著千佳。

只要用力拉她一把，她就會讓聲音進一步昇華得更具魄力——

「希、希蘭……這、這個……唔，是、是不是不行啊……」

「唔……撐住，撐住啊克菈麗絲……！有我、在……！」

敵人也放出魔法，與兩人的魔法正面碰撞。

兩人遭到敵人壓制，因為痛苦而呻吟，感覺幾乎要沒力氣了。

她不禁心想，啊——就是想要這種感覺。

竭盡全力去亂來，給周圍的人添麻煩，才總算讓自己融入了角色之中。

拚命把手伸向自己高攀不起的領域，但一個人仍然是無法觸及。

但是，兩人拉著彼此的手，才總算讓手指搆上。

互相受到對方的影響——互相增進實力，終於抵達了半吊子不曾踏足的領域。

雖說不知道這是對彼此較勁，還是信賴的依靠。

但此時此刻重疊的演技，一定是獨自一人無法實現的。

她有這樣的感覺。

這個——她就是想呈現出這個。

現在這個瞬間的演技，甚至連結衣也無法辦到——

在激昂，在興奮。

由美子感覺自己被異樣的熱量吞噬、演技愈來愈接近高峰。都要流鼻血了。光芒在一片空白的頭腦裡不斷閃爍。

千佳肯定也是如此。

混合在一起的感覺，就是讓她如此深信不疑——

「——驅逐玫瑰……！」

聽到猶如從地底響起的聲音，讓她屏住了呼吸。

自己流露出的呼吸聲或許不是演技。
不知不覺間，結衣站到了內側的麥克風前。
然後——她的演技，正在放出令人畏懼的光輝。
「不許你——對我的朋友出手……！不許你碰她們一根寒毛。現在立刻——」
對敵人的怒火，關心夥伴的心意，因為自身負傷帶來的痛苦，拚命趕來的急促呼吸。
這一切完美地融合在一起，形成了非常震撼人心的演技。
「滾開————！」
那聲吶喊，猶如空氣啪的一聲破裂。
聽到這個聲音，克菈麗絲和希薾肯定是睜大了雙眼。
不，實際上由美子與千佳也吃了一驚。
因為這一喊就是有如此強大的魄力。
然後，她們看到結衣的表情，隨之理解。
以無比認真的表情盯著螢幕的結衣，同樣也在拉著她們。

由美子說完最後的臺詞，等待音效指導的指示。
……從來沒有這麼緊張過。

自己剛才那樣亂搞了一通，會有這樣的感覺也是理所當然。

演技結束的瞬間，腳都快要抖起來了。

等了一會兒後，她聽到『……ＯＫ了』的聲音，重重地呼了一口氣。

她摸了摸脖子，發現上面有濕黏的觸感。

全身都在出汗……

這是冷汗吧……

總之，由美子先向控制室不斷低頭，但還是不敢看副導等人的臉。

啊，真是的，這實在對心臟不好到都快死掉了……

雖然可能是辦到了精彩的演技就是啦……

之後錄音沒有什麼問題，就這樣進行下去。

要說有什麼變化……

「不好意思！剛才那段可以讓我重錄嗎！我想更加表達出感情！對不起拜託了請讓我重錄拜託了！」

就是錄音室內開始響起結衣活力充沛的聲音吧。

「有夠大聲……」

千佳一臉嫌棄地如此嘟囔，但這當中有幾成是真心話呢？

然後，對心臟非常不好的錄音總算平安結束了。

由美子首先與千佳一起去向副導等人低頭道歉。

「對、對不起……！我做了一堆亂來的舉動……真的很對不起！」

幸好，副導等人笑著原諒了她們。

「不，是我們的理解不夠。剛才的演技沒有問題。」

「演員能這麼認真地熟讀劇本，我作為編劇也很開心。接下來要寫出不輸給歌種小姐的好劇本呢。」

聽到對方願意這麼說，真的讓人很感激。

「夕陽前輩、夜夜前輩！」

兩人剛從錄音間移動到走廊，後面就有人搭話。

是結衣。

她緊緊握著手，以泫然欲泣的表情看著這邊。

或許是因為還沒完全整理好心情，她始終在欲言又止。

千佳見狀，重重嘆了口氣。

「妳說誰的演技沒有人在聽？」

就在那瞬間，結衣露出了又哭又笑的表情。

她把拳頭握得更緊了。

接著她使勁地搖著頭，終於露出了平常的笑容。

取而代之的是，一道淚水忽然流下。

「——兩位前輩一直都在聽我的演技呢。我今天，總算明白了這一點。」

她應該也意識到了。

由美子與千佳為了提高彼此的演技，互相拉著對方。

被對方拉上去，會讓自己的演技變得更好。聽到變得更好的演技，對方的演技也會更上一層樓。

互相影響、互相提升彼此。這件事應該傳達給結衣了吧。

而且在最後，結衣也被拉了一把。

誰都沒有在聽，這根本是不可能的。

她應該也透過這次的事情明白了。

聲優無法選擇出演的作品，但可以選擇要如何活用出演的作品。

「高橋小姐。」

千佳做了一次深呼吸，隨後正面看向了結衣。

「妳因為角色的事情在顧慮我對吧。這點我承認。但是，只有現在是這樣。我立刻就會到達妳追不上、無法模仿的領域。就像今天這樣。」

另一件想告訴結衣的事，就是這個。

夕暮夕陽沒有輸給高橋結衣。

為了讓她如釋重負，就必須向她證明彼此的實力差距。

正因為如此，她們才不惜去做不習慣的合作，還那麼誇張地亂來，讓她見識超出極限的演技。

就為了這一句話。

「所以，妳現在就儘管模仿別人吧。」

千佳眼神銳利，聲音也很冰冷，但在旁邊聽著還挺溫暖的。

結衣或許也感受到了她話中的含意，開心地露出了滿面笑容。

「——好的！」

這時，工作人員從後面搭話。

「對不起，高橋小姐。可以來一下嗎？」

「啊，好的好的！找我有什麼事嗎！」

結衣精力充沛地回答，然後向兩人低頭行禮。

接著她順勢轉身，快步跑掉了。

由美子揮手目送她，然後與千佳面面相覷。

彼此的表情都有種說不上來的感覺。

「這樣就好了嗎……」

該說是送鹽予敵，還是自掘墳墓呢？

副導等人原諒了她們，所以是還好，但這次真的是在鋌而走險。

不過，結果也成功讓結衣打起精神來了。

或許就像加賀崎說的，將來自己有可能會後悔。

「算了，這樣也很好。應該說我們這邊也是火燒屁股了。讓我意識到要是再繼續渾渾噩噩下去，可是會被後輩超越的。」

「這個嘛，算是吧……」

由美子意識到自己必須更加拚命。

她以前曾經覺得，現在就被後輩威脅到自己的地位是不是太快了。但這種事沒有快慢之分。一個不小心，立刻就會被趁虛而入。

如果想守住自己的椅子，就要做好該做的事情。

此時，千佳聳了聳肩。

「而且，我們也沒為那孩子做什麼。什麼也沒做。只是模仿森小姐，提升了自己的演技而已。」

「這個嘛……是啊。我覺得，那果然是只有森小姐才能被原諒的行為……當然，我是會模仿她的心態就是……」

由美子猛然打了個寒顫。

根本不該模仿怪物。

這次只是偶然順利而已。

明明沒有實績和實力，自己不應該做那種事。

「算了……像小結衣這樣的孩子不在，我也會很寂寞。她肯定已經沒問題了吧。」

由美子一邊伸著懶腰一邊說道，千佳聞言後微微點頭。

千佳的表情比平常稍稍柔和一些——但隨即蒙上了一層陰影。

「是啊。那個後輩肯定已經沒問題了吧。」

她說出了令人憂鬱的話。

「問題在於那邊的後輩對吧……該怎麼說，後輩們總是會帶來這種麻煩的問題嗎……」

由美子不禁唉聲嘆氣。

與那個後輩相較之下，結衣算是非常可愛的了，是個非常好的後輩。

看來，還得繼續為後輩們煩惱好一陣子。

「『皇冠』會怎麼樣呢……」

聽到由美子喃喃低語，千佳靜靜地閉上了眼睛。

——而在那之後，僅有一次。

之前一直保持沉默的原作者，在推特上提到了「魔女見習生瑪修娜小姐」的電視動畫。

『即使恭維，作畫也稱不上好，但我覺得工作人員們在這麼惡劣的狀況下確實努力過了。我感受到了他們對作品的敬意。』

然後，原作者如此作結。

『最重要的是，三位主演聲優的演技非常好。』

NOW ON AIR!! 第62回

「夕陽與！」

「夜澄的！」

「「高中生廣播！」」

「大家早安～我是夕暮夕陽～」

「大家早安，我是歌種夜澄！」

「這個節目是由碰巧就讀同一間高中，又剛好同班的我們兩人，將教室的氛圍傳遞給各位聽眾的廣播節目。」

「我可以先說一句嗎？怎麼好像放了一堆來信？整個都堆起來了。今天要唸這麼多？」

「之前唸來信時，不是有聽眾找我們商量出路嗎？好像是因為這樣導致全國為出路迷惘的人都來信說『我懂～！』。」

「如果真的為出路迷惘，就應該別聽這種廣播，多面對一下自己的人生比較好吧……？」

「另外，也有許多來信上寫著『我也想做生涯諮詢！』。」

「不不不不。為什麼？聽完上次那種東西，為什麼還會想問我們？這樣是不是對自己的人生有點太隨便了？」

「也有來信提到，『自己被公司炒魷魚了，不知道該怎麼辦』。」

「怎麼問高中生這種事情啊？去就服中心啊。」

「包括出路的話題在內，似乎來了各種希望我們陪他商量的來信……但我覺得每個都不是我們能處理的啊……各位到底對我們抱有什麼期待啊?」

「這個,最壞的情況就是交給小夕與小夜吧。」

「妳真聰明。那兩個人雖然講話完全沒有內容,但就是會說些莫名能讓人打起精神的話呢。」

「大家~!相信你們都有很多辛苦的地方,但是要加油喔!夜澄在支持你們喔!加油加油!」

「就是啊~!不要勉強,照自己的節奏持續努力下去吧。堅持就是勝利喔~我們也會看著你的喔~」

「這段錄音可以解決九成的商量諮詢。」

「那兩個人意外地能幹呢。」

「總之先別開玩笑了……既然有這麼多來信,就結束開頭閒聊吧。大家今天也一起度過快樂的休息時間吧——」

「直到放學前,都不可以離開座位喔。」

「呃——化名,『牛奶糖』小姐。啊,是之前來找我們商量的女生呢。『非常感謝上次二位聽了我的商量』不會不會,講成那樣真是抱歉啊。」

「我們完全沒說什麼有用的話,所以不用在意喔。」

「『後來我與家長商量,聊了很多。我好好聽家長說話之後,家長也願意聽我的意見了』,喔——不錯嘛!」

Next Page!

NOW ON AIR!! 第62回

「真的。如果能冷靜討論是再好不過了。跟我家不一樣。」

「別這樣。『雖然還沒有得出結論，但我會一邊與家長商量，一邊思考出路。非常感謝兩位。也祈禱夜夜能找到自己出路的答案』。喔——多謝多謝！」

「太好了。意思是我們的話也稍微起了點作用嗎？如果是的話確實令人開心。」

「就是啊——她甚至還擔心我呢。我也姑且報告一下吧。我也算是決定好自己的出路了。雖說煩惱了很久啦。」

「啊，對耶。妳之前說決定了。」

「我打算升上大學。跟許多人聊過之後，就決定這麼做了。感覺上算是……為了經驗和找個備案這樣。」

「夜真的聽過許多人的意見呢。」

「沒錯沒錯。我不僅找過聲優前輩，也問過加賀崎小姐她們。啊，也有跟夕的經紀人聊過，還有小朝加——」

「事情就是這樣，所以我們兩人也要成為考生了呢。今年考試的高中生、國中生，我們一起加油吧。稱霸夏天的人就會稱霸考試。」

「不過我們夏天會有演唱會呢。」

「啊……對耶。要忙很多事情呢……」

「不過，就算比我們忙碌，依然會好好上大學的前輩比比皆是。我會努力加油的——」

「……咦？怎麼了，朝加小姐？『下半年開始要改為聲援考生的節目？』不，請等一下。我們還希望別人能聲援我們耶。」

「我們哪來的時間聲援別人啊。對考生來說，周遭所有人都是敵人喔。」

「無論如何都要改路線的話，這個也交給小夕和小夜吧。」

「啊，好主意。畢竟那兩個人雖然講話完全沒有內容，但感覺就是會說些很像聲援的話呢。」

「我們也在努力喔～大家，讓我們一起努力吧～這一年是關鍵喔～」

「和夜澄我們一起加油吧～！距離花樣的大學生活！就差一點嘍～！一起～！上大學吧～！」

「……感覺我們就快要被罵了呢。」

夕陽與夜澄的高中生廣播！

YUHI to YASUMI no KOUKOUSEI RADIO!

to be continued!!!!

後記

各位讀者好久不見。我是二月公。

那麼，就讓我稍微聊聊廣播吧。

不久之前，我非常喜歡的廣播節目停播了……

那個節目我每集都會收聽，就這樣聽了四年以上……

凡事只要有開始就會有結束……我理解這一點，但感覺就是，哎呀那種事情根本無關緊要，正確的只有這顆感到悲傷的心。

如果每次都收聽廣播，廣播就會深植於生活之中呢。

每週每週聽那些人講三十分鐘以上……好幾年來反復做著這樣的事情，不就會覺得它時常伴於生活之中了嗎？（雖說那個節目中間變成了隔週播放）

當我聽到『沒有下集了——！』的時候，我真的是感到寂寞得不得了……！

每週的那天就會變成「啊，那個節目更新了，我得去聽……呃，對喔，那個節目已經……」，感到超級難過的。

我聽廣播的經歷其實也算長了，所以喜歡的節目停播這種事情已經經歷過好幾次，但現在依然沒辦法習慣呢。每次都會著實感到難受。

我不會從播放清單裡頭把曲子刪掉，所以每當聽到停播的廣播節目的主題曲因為隨機播放而播出來時，胸口就好像要裂開一樣。（但還是會聽）

所以對於那些現在依然在繼續播放的廣播，實在是感激不盡……真的很開心……

我想做自己力所能及的事情，盡可能做出貢獻。

希望現在在聽的廣播，全都能再持續個五十年……

然後，關於這次的故事！

我到了動畫的製作現場進行了取材，但其中穿插了不少誇示與虛構的部分，希望各位還是要把本書作為虛構故事享受……！

包括取材在內，這次我也依然受到了許多人的幫助……！

本次さばみぞれ老師也幫忙繪製了非常美妙的插圖，一直以來真的非常感謝您……！

哎呀，這次的封面我光是看到草稿時就已經戰慄不已了。心想「竟然發來了這麼不得了的作品啊……！」真不愧是老師……！這個場景太厲害了。

再來是與這部作品相關的人士，以及閱讀本書的各位讀者，一直以來真的非常感謝各位！下集也請多多指教……！

轉生為故事的黑幕～以進化魔劍和遊戲知識傲視群倫～ 1 待續

Kadokawa Fantastic Novels

作者：結城涼　插畫：なかむら

嶄新的英雄傳說掀開序幕──
異世界奇幻的完全形態！

「七英雄傳說」是受全球玩家熱烈支持的遊戲。最早破關其續作的大學生蓮轉生到遊戲裡成了嬰兒，得知自己的身分竟是那名把世界推下絕望深淵的神祕強者。他於是決定待在邊境度日，卻遇見將於遊戲裡被自己奪去性命的聖女，踏上意料之外的冒險旅程──

NT$260/HK$87

異修羅 1～5 待續

作者：珪素　插畫：クレタ

Kadokawa Fantastic Novels

為求真正勇者之榮耀，寶座爭奪戰白熱化！
2021年《這本輕小說真厲害》雙料冠軍！

在眾人的各懷鬼胎之中，第五戰以無疾而終收場。接下來的第六戰裡，將由窮知之箱美斯特魯艾庫西魯出戰奈落巢網的澤魯吉爾嘉。面對不只能運用彼端的兵器，還能於無限的再生復活後克服自身死因的最強魔像。小丑澤魯吉爾嘉將會——

各 **NT$280~300/HK$93~100**

魔法科高中的劣等生 Appendix 1

作者：佐島 勤　插畫：石田可奈

Kadokawa Fantastic Novels

為紀念《魔法科》系列10週年
將收錄於光碟套組的特典小說集結成冊！

2095年9月。某件包裹誤寄到第一高中。內容物是未確認文明的魔法技術製品「聖遺物」，而且在不為人知的狀況下自行啟動──司波達也回神一看，發現自己位於森林裡。像是夢境的世界令他不知所措時，身穿純白禮服的深雪出現在他的面前……

NTNT300/HK$100

國家圖書館出版品預行編目資料

聲優廣播的幕前幕後. 5, 夕陽與夜澄無法長大?/二月公作 ; 陳柏伸譯. -- 初版. -- 臺北市 : 臺灣角川股份有限公司, 2023.11

面 ;　公分. -- (Kadokawa fantastic novels)

譯自 : 声優ラジオのウラオモテ. 5, 夕陽とやすみは力になりたい?

ISBN 978-626-378-162-7(平裝)

861.57　　112015443

Kadokawa
Fantastic
Novels

聲優廣播的幕前幕後 5
夕陽與夜澄無法長大？

（原著名：声優ラジオのウラオモテ #05 夕陽とやすみは大人になれない?）

2023年11月27日　初版第1刷發行

作　者：二月公
插　畫：さばみぞれ
譯　者：陳柏伸

發 行 人：岩崎剛人
總 編 輯：蔡佩芬
副總編輯：朱哲成
美術設計：吳佳昀
印　務：李明修（主任）、張加恩（主任）、張凱棋

發 行 所：台灣角川股份有限公司
地　址：104台北市中山區松江路223號3樓
電　話：（02）2515-3000
傳　真：（02）2515-0033
網　址：www.kadokawa.com.tw
劃撥帳戶：台灣角川股份有限公司
劃撥帳號：19487412
法律顧問：有澤法律事務所
製　版：巨茂科技印刷有限公司
ISBN：978-626-378-162-7